我为山川写照

范扬 辑

出品人 杨利军
主编 吴宇华

文化藝術出版社
Culture and Art Publishing House

图书在版编目（CIP）数据

艺·述．范扬辑 / 吴宇华主编．-- 北京：文化艺术出版社，2015.7

ISBN 978-7-5039-6007-9

Ⅰ．①艺… Ⅱ．①吴… Ⅲ．①文艺－作品综合集－中国－当代②文艺评论－中国－当代－文集 Ⅳ．① I217.2 ② I206.7-53

中国版本图书馆 CIP 数据核字 (2015) 第 134402 号

艺·述．范扬辑

出 品 人　杨利军
主　　编　吴宇华
责任编辑　吴士新
特约编辑　李国华　沈雅姝
装帧设计　寒　月
出版发行　文化艺术出版社
地　　址　北京市东城区东四八条 52 号　（100700）
网　　址　www.whyscbs.com
电子邮箱　whysbooks@263.net
电　　话　（010）84057666　（总编室）　84057667　（办公室）　84057691—84057699　（发行部）
传　　真　（010）84057660　（总编室）　84057670　（办公室）　84057690　（发行部）
经　　销　全国新华书店
印　　刷　北京蓝图印刷有限公司
版　　次　2017 年 5 月第 1 版
印　　次　2017 年 5 月第 1 次印刷
开　　本　720 毫米 ×1020 毫米　1/32
字　　数　155 千字
印　　张　11.25
书　　号　ISBN 978-7-5039-6007-9
定　　价　128.00 元

范 扬

范扬，1955 年 1 月生于香港，祖籍江苏南通。1972 年入南通市工艺美术研究所。1982 年毕业于南京师范学院美术系。曾任南京师范大学美术学院院长、教授、博士生导师。现为中国国家画院国画院副院长，中国国家画院博士后导师，中国艺术研究院研究员、博士生导师，兼任南京书画院院长、金陵美术馆馆长。文化部优秀专家，享受国务院特殊津贴。

范扬自述

我的生日是1955年1月27日。出生在香港铜锣湾圣保罗医院，这医院现还在，我后来也去大门口照个相留念。我祖籍是江苏南通，自小我在南通老家外婆家，小学是南通师范第二附小，通师二附，南通市小学第一块牌子，我祖母是校长。高中是通中，王牌学校。通中出两种人，一种是纯抽象思维的、科学研究基础理论类的院士，如数学家杨乐；一种是最具象的画家，如国画家范曾。顺便说一句，范曾是我嫡亲的叔叔。

17岁，我高中毕业(1972)，进了南通市工艺美术研究所，学画，学民间工艺，学剪纸，画刺绣画稿，临八十七神仙卷，临宋画，练白描，严格训练，严格要求，有点童子功的意思。当时，有吴冠中、黄永玉、范曾、袁运甫、袁运生、高冠华、韩美林等大师到南通，到工艺美术研究所讲学、作画，教授生徒，我获益匪浅。当时，我的学友有林晓、许平、徐艺乙、卜元、冷冰川等，我们一并长成。

1977年恢复高考，我考上了南京师范学院（现为南京师范大学）美术系，1978年2月入学。美术系是老中央大学的底子，吕凤子、徐悲鸿、陈之佛、吕斯百、傅抱石等在此办学，育人无数，大师辈出，学风正派，学术严谨。我读四年本科，画素描、色彩，有徐明华先生教；学书法，

有尉天池先生指导；国画讲座有杨建侯先生；西洋美术史是秦宣夫先生讲授。老师都是一流的，学生也肯努力。1982年，我留校做了助教，后来讲师、副教授、教授，1998年任美术系主任。1999年美术系改美术学院，我任院长。2005年调到北京，任中国国家画院山水画研究室主任。我画中国画，山水、人物兼及花鸟。学师范，这都要会，也都要好。我曾画过一幅《支前》(1984年)，大场面，画得不错，中国美术馆收藏。现在二十年过去，画儿也还站得住，不是一风吹的作品。我的山水属于浑厚一路，用水也还滋润。传统上我下过工夫，自认是打进去了。走出来的尝试，是要师造化。前几年，我画了一组《皖南写生》，也能看看。再往下走，我师我心，还有很长的路要走。我还会一点艺术设计，我设计了三套邮票：《太湖》5枚、小型张1枚(1995年)，《周恩来同志诞生100年》4枚(1998年)，《普陀秀色》6枚(1999年)。这些邮票国家正式发行，说明我大学里艺术设计课程学有所用，素质还算全面。我出了本《范扬画集》，另也编了几本册子，参加过若干画展。我访问过埃及、法国、德国、意大利、西班牙、俄罗斯、韩国、日本，看了许许多多的巨匠名作，因此，知道了自己的渺小，有了许多的感慨。

但是，我仍然保留着那一份初始学画时的热情。我喜欢画画，画画对于我来说，不是事业，是生活。我看我这一辈子，别的也不会了，我只会画画。“丹青不知老将至，富贵于我如浮云”，古人说得真好，常读常新。

另外，范扬的“范”，是草头范，范扬的“扬”是提手扬，这也是我经常要告诉为我治印的朋友和为我发稿的编辑的注意事项。

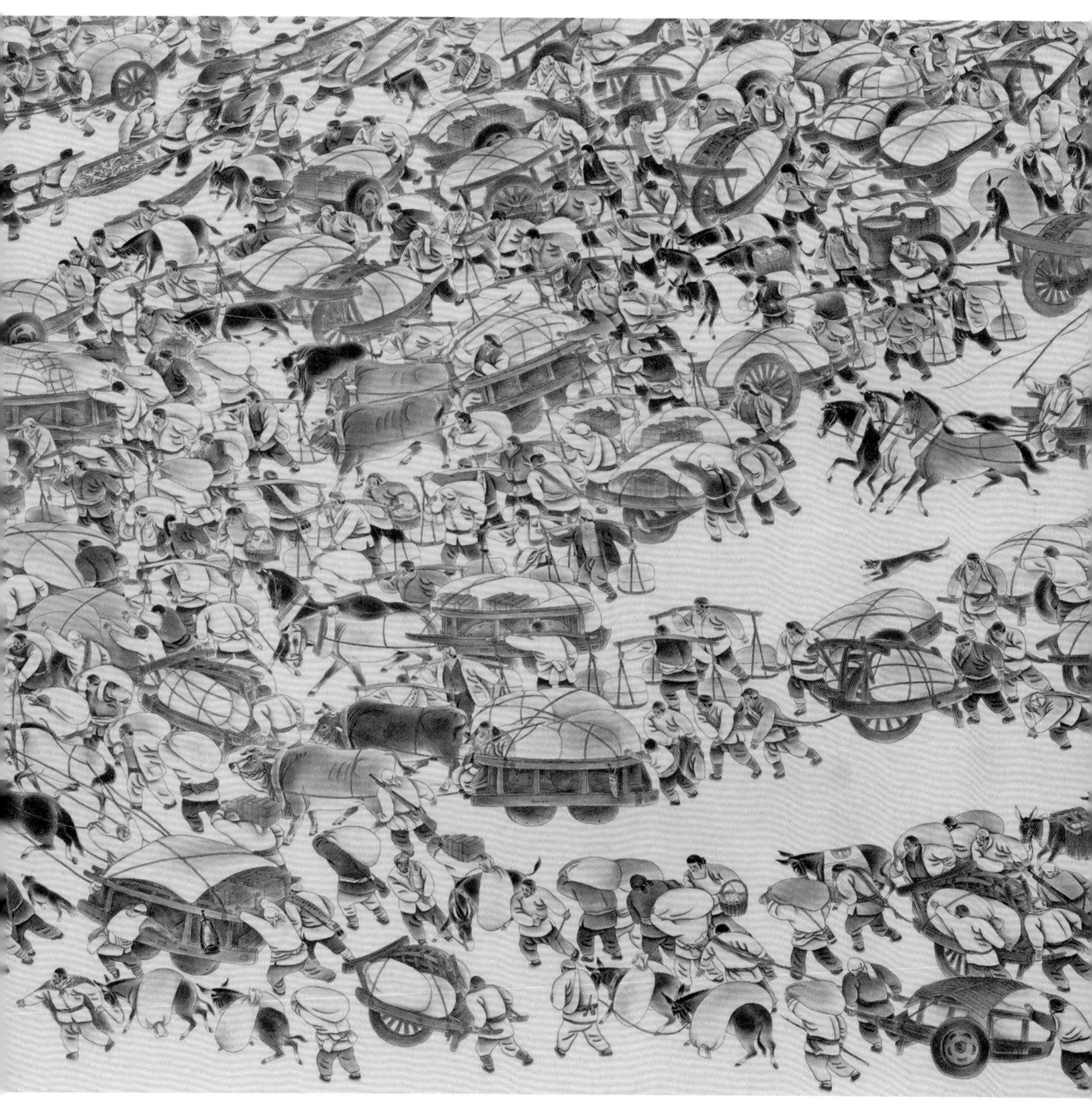

支前

124cm×183cm
纸本设色
1985 年

众家评说

含英咀华 厚积薄发

文 / 金玲

范扬属羊，性格和顺，心地实在，读书时是好学生，做事时也随遇随缘。广交游，多朋友，画友中口碑不错。

范扬出身诗文书画世家，不乏才情。一般说来，世家子弟往往聪明有余，沉稳不足，可以顿悟，不耐渐修。范扬却是能够立定精神，扎牢根基，含英咀花，厚积薄发。

考大学前，范扬在老家南通的工艺美术研究所工作，研究民间刺绣和剪纸。当时，海内外诸多名家如庞薰琴、吴冠中等到南通讲学，启发学术，提携后进，范扬获益良多。工艺研究所前身是沈寿女红传习所，其刺绣精品为当时一绝，研究所的剪纸、灯彩、风筝、扎染都很精彩。民间艺术朴素、自然、磊落、大方而又生机勃勃。范扬耳濡目染，好之学之，体会不少，确实直接影响到其后来的审美取向。

1977 年恢复高考，范扬考入南京师范大学美术系。师大四年，学素描、学油画、学中国画、学书法，后来专攻中国画。毕业后留校任教，自助而讲师而后副教授、教授，逐一进步。

我和范扬是同学，彼此了解。

说实话，范扬是真正喜欢画画的，真正所谓美术爱好者。几天不画画，他会感到难受，必得要提起毛笔，画来画去，消闲半日才得放手。画画已不仅是事业，画画已经就是生活。范扬自己也说，我们也不会做别的什么，我们只会画画，我们只能画画，我们天天画画，我们当然该把活儿做得好一些。

范扬作画，是相当投入的。留校不久，当时大家都十分积极地参加全国美展创作。范扬画了一幅《支前》，车马人流，担夫争道，颇有点“人海战术”的意思。思路是从《清明上河图》中来，构图又饶有新意，范扬又肯下工夫，画了好几稿。后来入展获奖，收藏在中国美术馆，今日看看，作品还是经得起推敲，耐得住时间考验的。

范扬到云南写生，到甘南采风，画了不少大写意的水墨人物，形象从生活中取材，笔法有梁楷、石涛的豪迈气质，效果不错。

范扬也坐得住，常作细笔头的工笔人物。前些年，他画了一组唐诗人物画，颇为用功。他画王昌龄诗意，作《平明送客》，画雨后清晨，山色如洗；作《孤舟微月》，画携琴访友，波光水影。纯用传统手法，单线平涂，勾勒渲染，人物景致，繁复精丽，气氛细节，处处落实。画面清新明丽，耐看得很，朋友们评价说：不玩花样，正门打入，以平和的手法，画出高明的趣旨，是内家高手。

范扬说，中国画也似围棋，棋子仅黑白，棋盘也就是方格，其落子也简略，其变化却无穷无尽，可以生发，可以手谈，能有风格，可以养性怡情。包容既大，也极自我，芥子须弥，纳于一物。

山水画，则更能体现画家的真性情，古来画家多作山水，不是没有道理的。或千岩万壑，或一角半壁，可以写实，可以写心，可以坐对，可以卧游。长卷写“潇湘”，册页作“东庄”，此中有真意，欲辩已忘言。

范扬画水墨山水，浑厚华滋。范扬在自述里写道，小时候学毛笔字，外婆说，用笔要厚，用墨宜浓，这关系到一个人日后的福泽。他后来画山水，取法宋人元人，却正好是雄浑沉稳一格，尽去刻削浮滑习气。范扬的水墨，笔法凝重，中锋起落，有来龙去脉，笔笔到位，落落大方，远看是山石林屋，近看是用笔用墨的。其行笔自由而自然。笔路盘旋起伏，有着内在的律动节奏。范扬的青绿山水，又是一路。青绿山水颇难为之，容易流俗，难得高雅。范扬善用青绿石色，又以朱砂赭石间于淡墨笔之间，彩墨交融，浑然有致，行家评曰，画面很

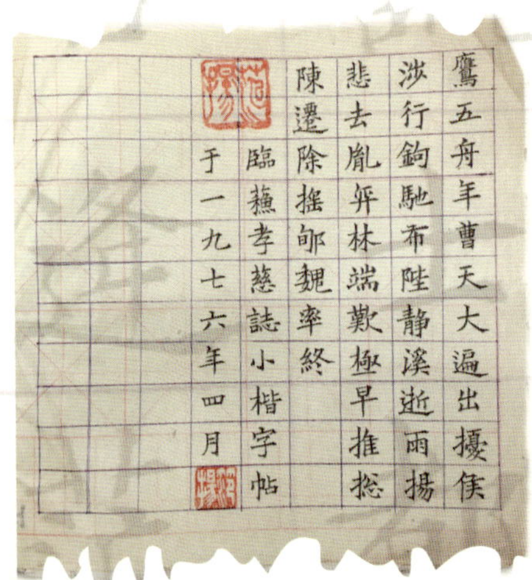

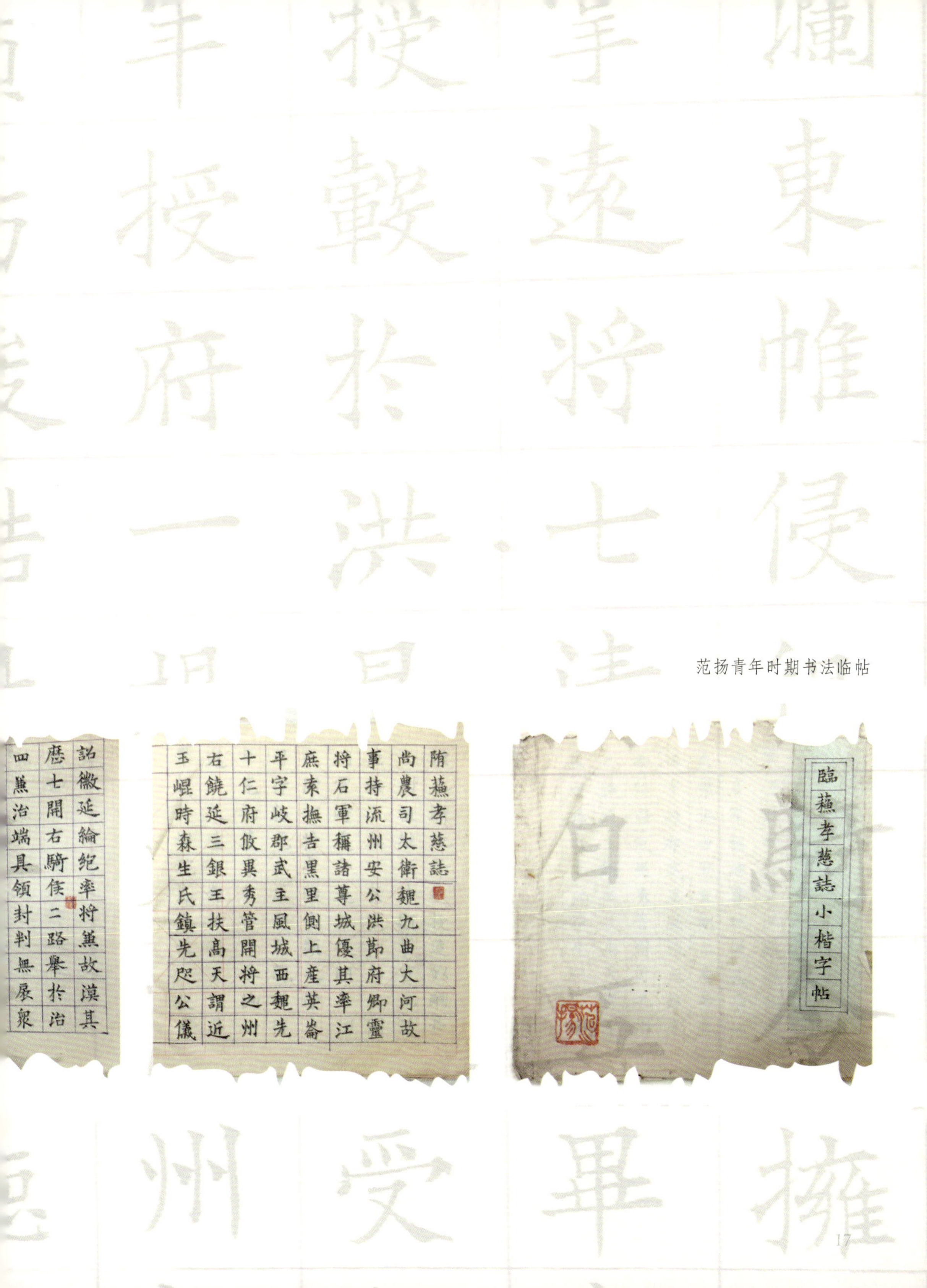

范扬青年时期书法临帖

是平伏。“平伏”者，平和服帖是也，能做到平伏，也不容易。范扬用这青绿手法，平心静气地画了一套《太湖》邮票，邮电部已正式发行。

范扬的山水有吴镇、王蒙的茂密深邃，有赵孟頫沉稳雍容，从传统中走来，却又有着自己的风骨。范扬学传统，融会贯通，时有心得，常发议论。范扬说：论画山水，元四家个个厉害，赵孟頫却更为大家天成。钱选不错，吃亏在离赵太近。范扬又说：董玄宰以佛家南北宗分析地域风气，品评画家骨格，亦是借古开今，推介松江意趣。董是“拿来主义”的老手，其自作命题所谓“雨淋墙头皴”出自颜鲁公，屋漏痕之后，雨淋墙头是也。范扬又说：推古论今，北派因悲鸿院长执掌中央美院，提倡素描写生，可染先生身体力行，其作对景写生，层叠九染，所画光影岚雾，最为精彩；南方抱石先生崇尚传统，又得东洋巨匠狂傲气势，纵酒放笔，任气使才，其登山临水，速写勾勒归而成图，故得山川精神。自此而后，北方画家复笔积墨，安排构成，皴法列如算子，是一病也；江南诸家，才气不逮，笔底流于轻浅浮躁，难与前辈齐肩。所以，要真正做到作品动人，却是要“以最大的功力打进去，以最大的勇气打出来”。范扬认为，说说容易，做起来难。但是我们这一代也当努力奋斗，创造出无愧于前人的作品。画儿要真好，真有价值，让人们看了也服气。“后之视今，亦犹今之视昔”，才算有点历史意义。

湖山放艇

368cm×145cm
纸本水墨
2006年

放笔直取

180cm×97cm
纸本水墨
2006 年

范扬的花鸟，亦与世俗不同。写意花鸟，反映作家的性灵心声，所谓一枝一叶总关情，用来比喻花鸟最恰当不过了。作写意花鸟，心态最当放松。写意花鸟，重在“写”字，涂涂抹抹，枝叶相生，须臾片刻，信手拈来。所以，范扬有时半开玩笑地说，画花鸟不吃力，等于休息，等于练气功。窗明几净，熏香沐手，铺纸拈毫，优哉游哉，浓浓淡淡地画出，事情就是这么简单。他画得自由自在，你看画也轻松畅快。范扬的花鸟，笔头生拙老辣，意态清新俊逸，有北派朴茂，有南人清雅，兼容并蓄，品格是高雅一格，笔调也充满生机。画为心声，作品中来不得半点的虚伪和骄傲。你真正豪迈，画儿自然洋洋洒洒；你若胆怯，笔下就会抖抖嗦嗦。宣纸是那么的敏锐，它细微地记录着你的一举一动、你

《太湖》邮票画稿《洞庭山色》

21.6cm×38.6cm
纸本设色
1994 年

《太湖》邮票画稿《寄畅清秋》

21.6cm×38.9cm
纸本设色
1994 年

的情绪、你的决断和犹豫、起落和顿挫。画家笔底的行动，反映着画家的素养和习性。画如其人，范扬厚道实在，淡泊宁静，不故作姿态，不张狂颠倒。看范扬的画作，如品新茗，展卷抚册，清香四溢，不霸气，却浑厚，不事张扬，也具神采。

范扬好古，浸润其间，每读青藤八大，常谓己不如人，仰之弥高。范扬不泥古，也读现代绘画，每遇知己，总要辩说一番徐渭与凡高、麓台与塞尚之高下通同。

范扬的路道是不错的，勤学精思，取法上乘；范扬的路道是宽阔的，实力雄厚，能有发展，假以时日，可期大成。

《太湖》邮票画稿《鼋渚春涛》

21.4cm×38.7cm
纸本设色
1994 年

《太湖》邮票铅笔稿

悟道与机缘

——记画家范扬

文/范迪安

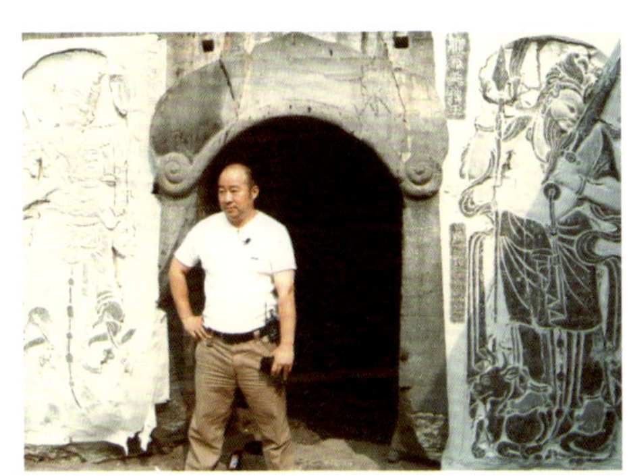

艺术批评中常有一种奇怪现象，面对一件艺术作品，往往难以在同一领域中找到恰当的评语，然而隔山却有知音，在相邻的领域中可能掂出更能说明问题的参照对象。

唐张怀瓘在《书议》中评“小王”王献之书法时曰：“子敬之法，非草非行，流便于行草，又处于其中间，无籍因循，宁拘制则，挺然秀出，务于简易。情弛神纵，超逸优游，临事制宜，从意适便。有若风行雨散，润色开花，笔法体势之中，最为风流者也。”

这一段文字说的是王献之的行草，但将此移评范扬的画，颇有几分恰当。范扬在两个世纪之交的这几年里似乎有若神助，其所爆发出来的强劲之力，竟将自己的画境大大地作了提升。在他的作品面前，可以真切地感受到他作画之际“情弛神纵，超逸优游”的状态。就笔墨的意境而言，他浓笔酣墨，落在幅上皆成“文章”，呈示出解衣盘礴般的畅快，达到了通权达变的火候。就描绘的内容而言，他打通了山水、人物、花鸟原有的门类界限，只要面对自然，便能“临事制宜，从意适便”，信手拈来皆得理法，在散乱的节脉中荡起形象的生机。

范扬人到中年即达此大手笔意境，堪称在画坛上占了一席“风流”。

范扬的画看上去满幅轻松，但却埋伏了雄强之骨和深厚学植。他对传统里雄浑一体的画风显然是体悟颇深的，从宋元绘画到黄宾虹，都是他直接吸收的对象。他胸臆开敞，喜读群书，研读画史、画论及文化论著，养成腹中经纶和思中识度。他也注重生活蒙养，投身于自然怀抱，采集养分，荡涤心灵。这些学养、才情、能力都是构成范扬绘画风格的基础，使他落笔便生墨韵，笔笔相连，连成景致不绝的大千世界。

但是，范扬的智慧系统似乎还有一个玄机未

范扬在创作中

丝绸之路・赶车的人

248cm×480cm
纸本设色
2014年

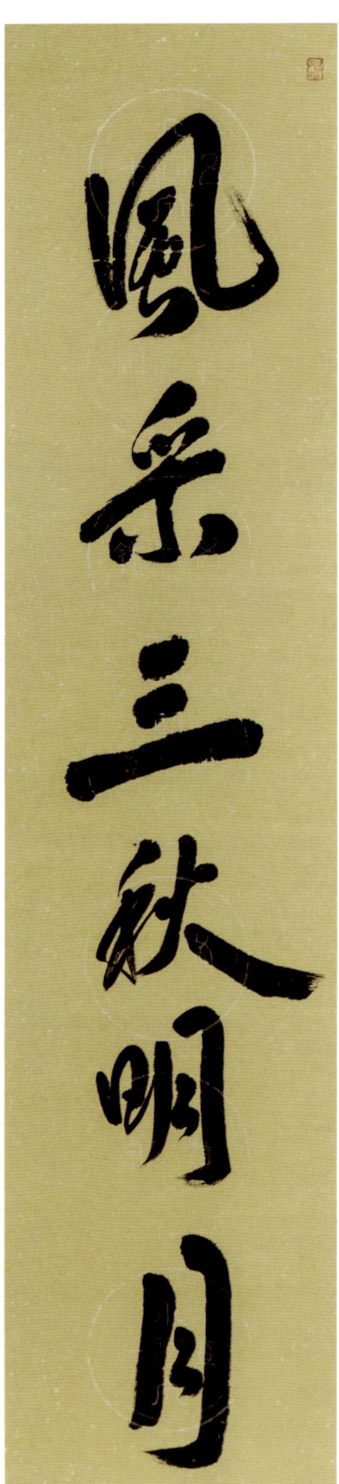

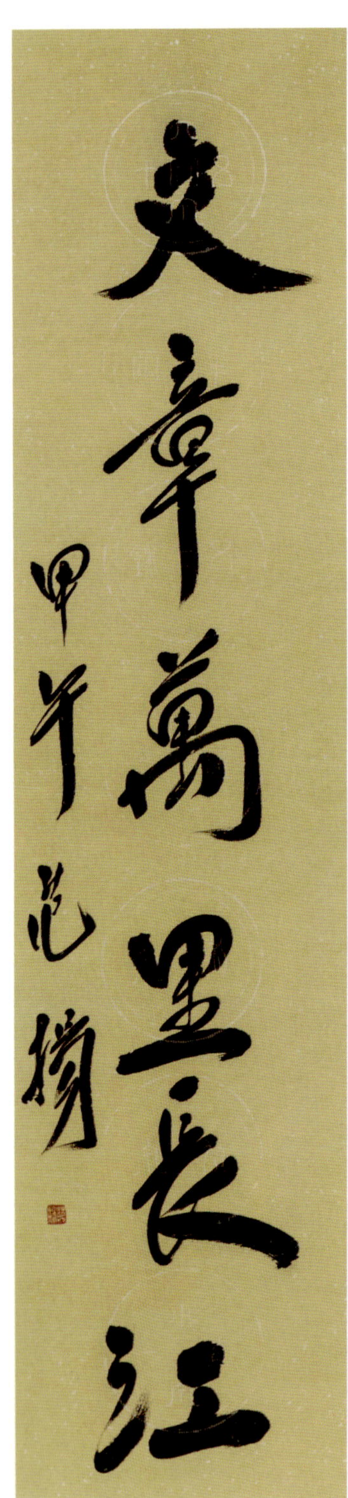

风采文章联

138cm×34.6cm×2
纸本
2014 年

得披露。他何以能将极平凡的自然景致画得生机顿出，如同天造而成，“自然”得完全没有法度的痕迹，这大概只能归结于他将禅宗的“顿悟”化解于心，将禅机渗透在笔墨形象之中。

禅宗的理论认为，“顿悟”是包含有感知又超越感知的认识瞬间。悟道之际，个体生命与外部世界形成了如火光闪耀般的感性直接联系，倏忽之间触及自然世界神秘的精神本体，体悟到用逻辑思维百思不得其解的生命之谜。可以揣想，范扬在作画之际的状态就是一种“顿悟”状态，而且是持续地保持了这种“悟”的状态。他画中那些流畅的线条就是“悟”的附体，不受理性支配，一任感觉流发，在画面上成为欢悦的精灵。因此，他每一幅画的感觉完全不可复得。禅宗悟道离不开“机” 的触动或引发，常常是受到某一机缘的启发而“顿然晓

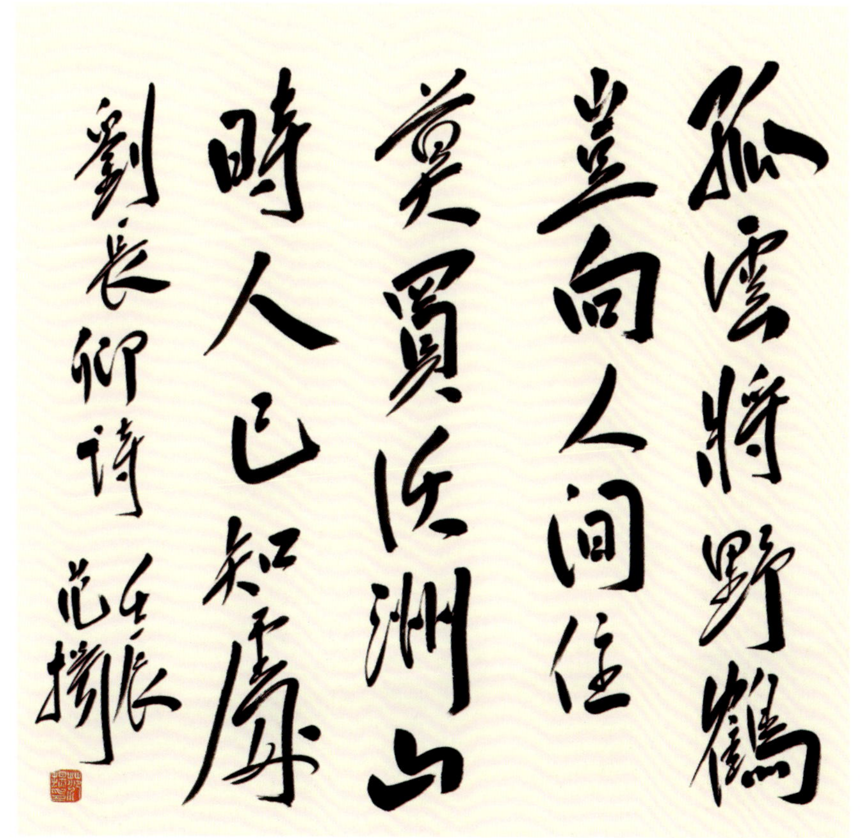

刘长卿诗

68cm×68cm
纸本
2012 年

悟”，“悟”到刹那间——“即时豁然还得本心”，“其解脱在于一瞬”。在范扬那里，机缘的“机”就是他面对的自然与视线中的事物。

他的山水画中的丘壑形象不是凭理性选择来的，他甚至摒弃传统中那些经典格式，也放弃自己经验中的“先验图式”，谋求一种“即兴”状态下与物相接的因缘，只要能触及眼前的自然生命，他的笔下就生发出自然的意态。所以，他的画看上去在景物选择上极随意，作品却拥有极高的境界。他的“悟”与自然的“机”相碰撞的瞬间，便如同一股清风拂去眼前尘埃，使画面顿时清澈透亮起来。

“悟”与“机”的关系就是创造主体与外部世界的关系，在中国的哲智中，这二者既二分又合一，二分是现象，合一是本质，是可能达到的境界。这是中国特有的心与物、自我与世界、创造论与本体论智慧图式。这与西方传统很不一样，以至于西方现代哲学家如海德格尔、维特根斯坦等大哲都借“东风”以明拭“西洋镜”。在绘画上，他们也曾想达到一种令人惊讶的生动性，但往往不能奏效。20 世纪 80 年代出现的新表现主义绘画为了打破绘画的静止状态，就用一种外部力量“介入”的手法造成画面的戏剧性效果。而在中国画家这里，只要学养和性情达到一定高度，就会有一双扰动世界的慧眼。

大足宝顶山卧佛

41.5cm×248.5cm
纸本白描
2013 年

四月三日过富士山

32cm×48cm
纸本设色
2013 年

山乡田野

38.8cm×64.5cm
纸本设色
2014 年

葭萌关

64.5cm×39.5cm
纸本设色
2013 年

范扬散论

文/许宏泉

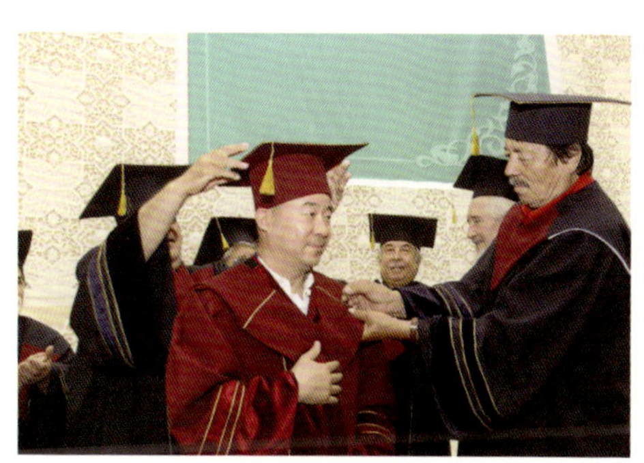

一

董其昌提出“南北宗”的意义，迄今为止，并没有被人们深解透析，一种文化思维上的价值，有待我们进一步思考。南京和北京的画风，实际上突出了绘画艺术关于“技”与“道”的理解。北派更多强调技术；南派更多强调的是人文情怀表达和自然的心灵状态。进一步说，“北派”着重再现自然美，人文的情怀远比南派薄弱。“南北宗”的划分，“笔墨”被提到了一个前所未有的高度。

进至今日，“南北宗”的概念在这个信息时代似乎已经非常模糊了。“南宗”、“北宗”似乎像有些人说的那样互相融合交流了。虽然“南北宗”的概念已经逐渐被模糊，但是我认为当代山水画坛，尤其是1949年以来的山水画坛，仍然存在着两派。概括地说，一是“做派”，一为“写派”。“做派”，可从李可染和陆俨少等人的作品中寻见端倪。强调图式化，强调制作的效果是其主要的“创作理念”。现在，“做派”实际上已代表着学院派山水的主流，一领中国画坛几十年的风骚。“写派”强调笔墨的性情及董其昌所强调的笔墨完美性，这一点却越来越被当代山水画家所淡薄。因此，真正意义上的“写手”已是凤毛麟角。“无名国手”吴藕汀，守望江南，坚守此道。他曾说：黄宾虹的山水画要反反复复地积墨实际上已经有追求效果的嫌疑。这种嫌疑被李可染在学黄宾虹的时候将其“发扬光大”，因而成为一种倾向。生活在南方的范扬近些年来被人们认为是金陵画坛的后起之秀，乃至在当代山水画领域声名鹊起。从某种意义上可以把他归为“写派”，但是，他这种“写派”与吴藕汀的“写派”又不可一概而论。因为范扬这种“写”虽明了笔墨的重要性，也在追求笔墨，但是他所追求的笔墨（线条）已不满足于传统意义上“以书入画”，而是更趋于“当其下手风雨快”的表达，张扬着纵横潇洒的江南才子风范。

二

我说范扬，还是要从“金”谈起，从“金陵画派”来看范扬，可能要落入傅抱石、亚明、范扬这样一个俗套。但一个艺术家的成长，是无法摆脱地域文化氛围的影响的。有趣的是，无论是傅抱石、亚明还是范扬，他们共同的特点就是“江南才子”般的个性。傅抱石壮年早逝，我们不必再去推论他晚年会怎么样；亚明曾自谓“悟人”。亚明的这种聪明既成就了亚明也误了亚明。因为他一旦发现传统魅力便不知所措。传统无意成了很多人的“覆舟之海”。亚明晚年一心寻回“传统”。他临摹石涛，不厌其烦陶醉在石涛的世界，在他的眼里，真正的传统也就是石涛而已。亚明

闺怨

36cm×30cm
纸本设色
1994年

这一代的画人的文化素质包括他们的“童子功”都不具备能在传统中讨生活的实力，以致一直在传统的边缘徘徊，连早年的才情也被耗去。才情是有限的，经不起挥霍。所以，这一过程最终让亚明留下了对传统至高无上的感慨以及对 1949 年以后绘画现状的最终否定。在他临终前便有了“中国画到今天没有画出一点名堂是最大的遗憾”的反省。但是，像亚明这样明白的人现在依然太少。

范扬现在的状态可以说与早年的傅抱石和亚明的状态颇多相似，他也以才情取胜，他也向往传统，他也是一手伸向传统一手伸向写生。至于怎么走下去，“前车之鉴”再也用不着局外人为他“捏把汗”，成事在天，但看造化。

仿日本浮世绘

45.7cm×35cm
纸本设色
2010 年

松本幸四郎扮演的松王

46.5cm×35cm
纸本设色
2010年

不妨戏作剖析：范扬作品中，两分董其昌，三分黄宾虹，两分凡高，一分徐悲鸿（他曾说：我的画多多少少还有点徐悲鸿），剩下的便是范扬的潇洒自在。范扬很得意他能在今天拥有一副“传统”的“模样”（在大家都不要传统不要笔墨的时候，来点传统兮兮的也是一种时尚）。范扬曾经讲过，如果把他的画发在《艺苑掇英》上，跟古人的画放在一起，也算一家吧！的确，在范扬的画里，没有刻意追求诸如“图式”的时髦，这是范扬的聪明之处。从他的画里更进一步证实了“绘画没有新旧之分”。范扬的画，几棵古树，一个茅亭，小桥流水，高士琴童，仍是古人的话题，构图也和古人没多大的区别，但正因笔墨、才情不同，所以创造出来的气氛也不一样。他将现代人的审美追求吹进了古人的世界。在今日“后现代”的语境中，“旧典新题”尚是一个有待继续开掘的课题。

有人说，范扬的画“一遍过”，不能加，潇洒走一回！我想，“不用加”才是范扬的智慧处，不搞“追求效果”的制作，把自己内心的情绪表达出来就完，一泄为快。可能难免不够到位，事实上，又岂能够面面俱到。范扬是一个充满激情的人，离“老到”尚有曲折漫长的过程。他的这种“一遍过”手法倒和吴藕汀先生异曲同工。

三

与傅、亚不同的是，范扬出身“院门”。初学人物，创作过很多优秀作品。我看范扬的山水画约可分为三类。

第一，是他对传统绘画的“翻译”，把传统文言翻译成白话是其对“传统”的一种自我诠释。

范扬的第二类作品是他的“皖南山水”。范扬曾不无自矜地笑说：皖南山水我情有独钟！范扬笔下的“一片皖南”从开阔的大势上把握，既与古人打开距离，其意境亦是时人难以企及的。用笔极其简练，既保留了他以往作品中的笔墨趣味，更张扬了潇洒奔放的个性，尤其大幅作品用笔更加概括更加夸张，自然也融进了很多“学院派”的写生手段。像《皖南小电灌站》，那些杂草的表现方法就很特别，范扬自己说，有点凡高的味道。可能正是这种“味道”一下子便从“传统模式”中跳脱出来。但“笔墨”的意蕴会不会也因此愈来愈淡薄了呢？我更倾向他那些笔触率真粗犷，物象简洁，视野开阔的“大皖南”（姑且造此一词）。昔日“新安派”的画家多是简笔不简景，而范扬则是简笔又简景，他的视野很奇特，广袤的景象俯收笔底。“鸟瞰式”的取景颇得恢弘气象。山峦、村落、阡陌、平畴、砖塔、树木，烦琐的景物都被概括甚至被抽象，跃然似与不似的恣肆笔触之间。他用色也非常个性化，简洁明快。

第三类作品，也是范扬颇为得意的，是他近来创作的一批海外和都市写生。这类作品已很“风景化”了，这种“风景化”的取向在他的皖南山水里已有苗头。从表面上看，题材虽然跟我们

查济天申桥 一仓桥

42×53cm
纸本设色
2009 年

查济

85cm×48cm
纸本设色
2009 年

生活更接近，却离山水绘画审美意蕴越来越远，由于无法游离物象，便不利于画家本性的发挥。事实上，这条路径又无形中落入了李可染、亚明的状况。

四

写生，准确地说，“对景写生”，是当下学院派山水画家的“必修课”。甚至毕业创作之道。范扬也是个强调写生的画家，范扬所强调的写生又不同于学院派的“对象写生”。在中国传统绘画中，只有花鸟画才有“写生”一说，山水画强调胸有丘壑，所谓“外师造化，中得心源”，乃是以心境观照自然。戴本孝有一方闲章“写心”。“写心”便是宗炳所强调的“澄怀观道”。盖山水艺术实则是画家内心世界的外化，“写景写生”就是夹一速写本，面对着景色，细心写照。学院山水画家认为，对景写生便可将古人山水的程式打破，具有自然的鲜活。乃至古人正因不“写生”，而多闭门造山。闭门能造出山吗？山是从哪里来的？恰由“澄怀观道”的过程而来。可见，古人所谓

查济村烟雨即景

45cm×67cm
纸本设色
2009 年

写生，严格来讲不是对景写生，假如他也是对景写生的话，只是以心灵来写生。现在的画家不仅强调对景的写生，而且以刻画烦琐为能事为功力，超越“写生”能得“心源”者几人？而他们的文化背景以及理论依据是什么呢？也是黄宾虹、李可染，甚至董其昌。所谓“读万卷书，行万里路”，成为他们对景写生的一个口号。黄宾虹也写生，我们从他大量的写生稿子上看，他实际上是以心理来观照自然的写生。到了李可染这里，即沦为对景写生。对景写生不是李可染的发明，也不是古人的，是“洋派”的。李可染的“对景写生”显然受到了西洋甚至苏联的影响。这种风景写生

有暇作小画一帧

30.5cm×49cm
纸本水墨
2009 年

与中国传统山水绘画审美取向是相背的，与其说是发展毋宁说是退化。郁风曾经记述过这样一件事，他们和傅抱石到镜泊湖写生，吴作人、关山月等画了很多不同角度的“风景速写画”，唯独“傅抱石拿不出成绩”，只是用铅笔勾画一些“有一搭没一搭”的东西，还写了好些不认识的字。第二天，傅抱石整天不出门，在住所里一边喝酒一边画画，竟画了好几幅《镜泊飞泉》，大自然的景象尽在画中。可见傅是深谙真正“写生”之道的。傅抱石和亚明，曾带领江苏国画院的画家行程万里，去深入生活，他们虽然打着“写生”的旗号，但实际上呢，我看过亚明的写生，他的很多东西都是很概括的，画几个线条，写几个字，和傅抱石的“写生”一路。正所谓“搜尽奇峰打草稿”。范扬笔下的“徽州写生”已经不是那种风景写生的产物，而是对皖南山水的艺术化的表现。我觉得，这一路，也可能是范扬能够走出“写生”，以臻自由境界的路径。

实事求是　如是我闻

—— 范扬“世事绘”评说

文／锦鳞

范扬最近画了一组“世事绘”，新鲜而有意思。

范扬的老友崔永元先生有一档节目叫作“口述历史”，让一些活着的老人说亲身经历的事件，我挺爱看的。听着那些老兵说那“八·一三”，说那“上甘岭”，老人们眼都红了，看的人也流泪了，其心拳拳，其情切切，真实感人，可歌可泣。

“口述历史有小崔，画说当下看老范”。范扬画的这些画儿，比照小崔，我也给起个名目，叫作“画说当下”，正好对应“口述历史”。范扬画的这些世事时事，都是当下发生的事情，人事不远，情境犹在，国事、家事、天下事，事事关心。这些事儿“远在天边，近在眼前”，有图为证，真实不虚。范扬用水墨画的手法，直接勾描世事众相，有他的真切直接，不用曲折晦涩的隐喻，而是放笔直取，探囊取物，实事求是，如是我闻。

这样的画儿不多见的。乍一看，也觉得没啥稀奇，也就是照着报社图片看了画了。但仔细想想，在古往今来的画作里并不多见。就好像小时候听的哥伦布竖鸡蛋的故事，挺容易的，但老哥做成了这事儿。

范扬其实挺用功的。俗话说，早起的鸟儿觅活食。范扬早上起来，先是到门口取了《新京报》，看着看着，便画了起来，早饭前，就画成了一二幅。晚上的《北京晚报》也是必读的，有了好图片，范扬便来了兴趣，拿了笔就勾。小学里，老师教我们写日记，说是“日记日记，日日要记；一日不记，就会忘记”，范扬的这些图画笔记，也是“日日要记”的产物吧。

范扬的“世事绘”，有他即时即刻的反应，有着敏锐随机的笔法；有他关心不乱的凝视，也有着关爱生活的热情。你看着这些画儿，能唤起你的影像记忆，能找到你的情绪共鸣。举个例子。这些天，索契冬奥会天天有新闻，我们看电视，说事儿，大家关心。范扬也不例外，几乎每天都要为冬奥会画上一二幅。他画了李坚柔好运气，为中国队夺首金，画了张虹夺冠，画了霸气周洋，也画了外国娇娃的冰舞。范扬小时候练过两天拳击，中国拳手邹市明从业余打进职业，拳坛“农转非”，老范替他担心。看着邹市明他老人家一步一步往上爬，真替他捏把汗。结果，邹市明连战连胜，“拳”力向前，KO了对手。老范今儿个是真高兴，赶快画了《邹市明在训练中》，画面上邹市明面带杀气，勇猛抨击，画出了老范对他的期待和钦佩。

范扬画画儿是用情颇专、用志不分的。他的画儿鲜活生猛，看似随意，实则用心，恰好是合了禅宗所云“活泼泼地”精神志趣。

日本人有“浮世绘”，也是画世俗情境。今天，范扬的“世事绘”，也大抵是写实写意，描摹世情百态风物万种，用图画记录自己的一些印象影像吧。

我想，同道和朋友们是会喜欢他的“世事绘”的。

海南三亚 . 水和孩子

34.6cm×49.6cm
纸本设色
2013 年

迷人的大溪地

49.6×34.5cm
纸本设色
2014 年

范扬论艺

我为山川写照

丙戌秋日，余赴太行作水墨写生，住石板岩村，随行有弟子二十人。

太行巍巍，仰之弥高。巨石顶天，作大块之文章；沟壑纵横，传空谷之回音。高家台上炊烟，飘散几缕；桃花谷里人家，瀑挂九连。鸡犬之声相闻，道路行人不绝。我与诸生，访唐塔，读古碑，入林虑，探洪谷。遥想荆浩当年，布衣芒鞋，悠游其间，好一派道骨仙风。

于是，我师古人，仰观俯察，我师造化，待细把山川图画。一周之中，得稿二十余帧，有感有悟，有所体会。

返京后，又随国家画院写生团入四川，探幽青城。自后山五龙沟溯源而上，恰细雨濛濛，滋养吾画，偶有所得，探得水墨妙处。赴都江堰，亦得稿一帧。后又入海螺沟，得窥四姑娘山雪峰红杉之神山奇境，领略大冰瀑布之恢宏气概。感天地之高阔，想人事之渺小，不觉之间，神飞扬，思浩荡，得之于心，授之于腕，落墨之时，风云际会，亦不知是造化赋我以笔墨，抑或我笔墨暗合造化。快哉我心，快哉我意，掷笔长啸，且看我为山川写照。

丙戌范扬写在京华初雪时

朱陵洞天

94.8cm×55.5cm
纸本设色
2016 年

我们走多远
当下中国画才能走多远

《藏画导报》（以下简称“藏”）：前些时有言论说：画院里养了一群不会下蛋的鸡，你怎么看？

范扬（以下简称“范”）：吴冠中先生从来都是“语不惊人死不休”。国家有画院由来已久，汉代就有了国家养画家的记载，后来画《韩熙载夜宴图》的顾闳中也是国家养的画家。在西方，米开朗基罗、达芬奇等都是教廷供养的画家。这些国家养的画家我认为都是真正的大师。现在我们国家富足，传统文化又这么了不起，养几个画家有什么不好呢？我想说：我身处画院，不是要去做那种会生蛋的母鸡，我要做为实现中华民族伟大复兴而唱的一只雄鸡，听“雄鸡一唱，东方白”。这也是画院里画家共同的心声。1959 年，国家要成立画院，这是周总理提出来的。周总理有眼光，他对于中华文化和文化传承的认识，恐怕要比一般人要深刻得多。

画院在当代美术领域是一个不可或缺的力量，许多优秀的画家都在画院，凭什么张三李四一说话，画院就不办了？上一个世纪是学院主导了中国画的走向，21 世纪画院应承担起这个责任。学院是教学机构，画院是创作研究机构，我们的主要任务是光复中华文化。关于吴冠中先生的言论我有三点意见：一、画院应该办，二、画院里的画家要作“雄鸡”，三、周总理提出办画院，我们听他的。中国这么大，文化上更需要立定精神。目前国画现状呈现出多元，但我觉得还是应该有一个方向或主导，这个任务，画院要承担。

画院应该像当年的黄埔军校，培养出一批一批的后备力量，然后把中华文化精神和绘画主张慢慢地渗透到全国各地，渐渐形成气候。目前的状态，我给它命题一个词：“聚气成形”，将来一定会有所作为。

藏：你如何理解当下的美术理论家和研究书画理论的博士？

范：我曾经和一个美术理论家进行过辨论，我说中国画论的发明者、启发者，绝大部分都是优秀的画家，比如顾恺之、郭熙、董其昌、石涛等。只有画得好，他的话才有说服力。对方反问我：那张彦远呢？他不会画画，但《历代名画记》却阐发了许多高明的理论，连谢赫的《六法论》也是从他那儿发扬光大的。我说你说得非常对，张彦远选摘的东西都很好，但是你没有注意，张彦远那本书叫《历代名画记》而不叫《六法论》。他非常明白自己在做什么。一个文章的题目最能说明问题，告诉大家是什么，或基本上是说什么。

藏：所有的理论只有拿实践作为基础才行。

范：不要紧，真正有价值的东西会存在，没有价值的东西自然会被淘汰。

藏：时间是一个很长的跑道，可以检验出来。

范：优胜劣汰。比如开饭店，你找几个美食家来谈论饭菜要做成怎么怎么样，可是大厨在哪里还没着落，你怎么开这个饭店？开个饭店没有好的大厨，做不出几只招牌菜，只是让大家欣赏菜谱，恐怕不行。

藏：画家最终还是要落实在笔头上。

范：我们讲巨匠，首先是个匠字。对于整个社会来说，推动社会的发展与进步，排在前面的应该是那些政治家、军事家，甚至文学家的作用都比书画家大，就整个社会来说，画家和理论家都是皮毛，但恰恰画家是皮，理论家是毛，

2014 年 6 月在法国接受骑士勋章

皮之不存，毛将焉附？　比如说读书，古人诗云：刘项从来不读书。但是你有他们伟大吗？他们能做大事，他们把天地人这本书读通了。

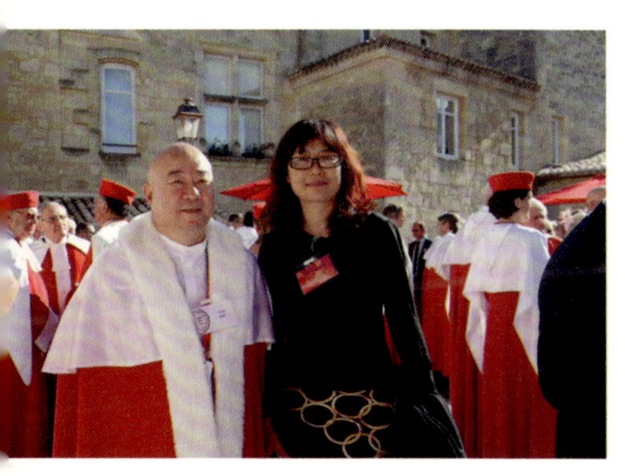

和夫人潘金玲女士在一起

藏：也就是说读书是为了明理的。有时候，不读书的农村老太太也比大学的教授明理。

范：读书读得多了就戴上“眼镜”了，近视了，反而看不清楚了。读书有会心处才是关键。现在许多搞美术理论的人谈到实处的时候就好像是没有读过书一样。有人对我说：范扬，你画得太快，恐怕还是要画得慢些好。我说你没有读过美术史吗？“当其下笔风雨快，笔所未到气已吞”这是对吴道子批评还是赞美？说吴道子一日画嘉陵江三百里是在骂他吗？如果用你们的理论演绎的话，李白的诗应该写得慢些，再推敲些，更像杜甫些，会更好，但我看李白那也就不是李白了。

藏：时下的国画写生你怎么看？

范：过去中国人画鹤画孔雀，都是画活生生的，鲜活的东西，很少有人去画死的。而外国人画静物，画面上常常是有死野鸡。我经常想问美术史家，为什么中国画写生要画鲜活的？比如花，要画那种正在开放的，有露水的。而外国人画死鱼、死虾，这些我们都不吃的，不新鲜。可见中外对写生理解不同。中国人比较崇尚和谐、鲜活有生命力，这种生气实际上是从自然中得来的。看到奇石怪树，随时随地拿出笔来画画，这里更多地是个人体验。古代的画家都是先把自己融入自然中，有了体悟后再画画，山水、花鸟、人物都是这样。我过去也都是看了真山、真水、真物后写生，用铅笔勾勾，回去画。到了北京后，见到学院里都是拿着毛笔当场画，我作为老师入乡随俗，也要当场作画，但这只是南北方教学的一种差异。李可染和傅抱石的方法不同，其中并无高下之分。

我经常和同学们说，我作画完成时，最后总要用短线勒一下。现在画山水，大家都是勾皴点染，我又给加一个勒字。

藏：古人也有勒字诀。

范：对，就是要复兴。勒不是我的发明，只是我在山水画中创造性地运用。我的运笔很豪迈，有点信马由缰的意思，但驾驭天马和野马的区别，不是你能不能让它放开跑，而在于你能收住收不住。我有一方闲章：待从头，收拾旧山河。收拾本身很难，更何况是旧山河。

渡水罗汉

49.5cm×49.5cm
纸本设色
2013年

观鹿图

102cm×36cm
纸本设色
2013 年

藏：你的湘西、黔东南写生，画中随性的东西更多些。

范：这也是南方的气息和做派，或者叫办法。到了北京以后，大家都用毛笔现场画，我要以身作则，笔墨功夫又是我的长处，所以画出来的就是作品。我以前带大学生到中学和小学去学习，看那些小孩子们画的肖像，你看他画得一点都不像，但是很有趣，虽然五官的结构不准，但又很传神，说明是得了自然真气。来北京两年，我画了大概六七十张对景写生，像《从张家界望天门山》等作品，就是我这个时期的作品，里边有许多的体验。傅抱石先生和李可染先生晚年到德国写生，他们是大师，笔下自然不同。但是他们的方法多多少少为物所驭，没有站在中国画家历来的传统——“我是江山主人，我来收拾江山”来画。这里面有一个被动、主动的问题，有一个主仆关系。

藏：黄宾虹对你的画影响大吗？

范：当然有影响。但我没有临过黄宾虹的画。我看过他许多画，后来就不敢看了，太容易陷进去。朱新建也和我说，你不能再看古画了，因为你对古画太熟悉了。

藏：现在许多人在学习黄宾虹，你怎么看？

范：就我个人来说，是非常喜欢黄宾虹的，但是他画的大画很少，基本都是六尺以内。这是他个人的秉性和特点，而我喜欢画大画。黄宾虹的笔头太厉害了，特别到晚年，“从心所欲，不逾矩”。

藏：你怎么看西方绘画对中国画的影响？

范：虽然穿西装，但是你首先应是中国人。洪水

观音 韦驮 心经

48cm×179.5cm
纸本设色
2013 年

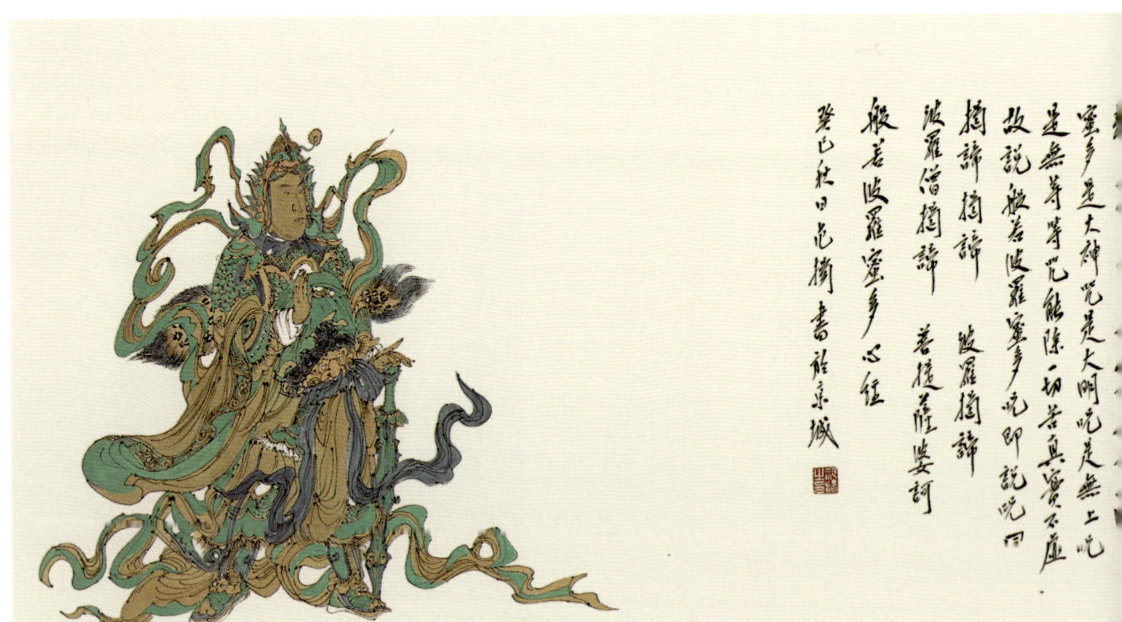

猛兽来的时候，挡也挡不住，只能是因势利导。来了不要紧，只要用得好就可以。从明代的利玛窦一直到今天，西方绘画对中国的影响太大了，我们有时是主动接受，有时是被动接受。中国古时候也有油画，汉代画车马的装饰画叫油画，是油漆画，可现在的油画市场多火啊！但是，最终占主导地位的还应该是本民族的东西，现在炒作得再高，也只是时尚。关于油画民族化。我认为做的最好的是吕斯百先生。他当时画了一些山水风景，专业圈和学术圈都知道他的厉害，他的画更有价值，画价应更高。中国画虽然有点慢腾腾的，像个古老的牛车，但是力气仍然很大，将来必定是中国画代表时代风貌。以自己的短处和别人的长处比较，那怎么能赢，中国当下的油画水平连几百年前意大利、法国的绘画都没有跟上，怎么能让人相信有更新的创造呢？油画的热闹可能会有一些新的白领，接受西方教育的人喜欢，但随着他们的年龄长了，又会觉得中国画好。像老一辈留学的画家吴作人、刘海粟、林风眠等，他们的经历和学识底蕴都比我们厚实，他们在社会上的阅历都比我们更丰富，可他们最后又回到了中国画上，这说明还是中国画魅力无穷，更具人性化。西方的油画家把油画当作事业和工作，而中国的画家把笔墨当作生活。

我认为 20 世纪是学院主导了中国美术的走向，21 世纪画院应承担起这个任务。因为中国画现在在各个美术院校里都只是一个系，一个分支，不是主流也没有主导大学的美术走向，而画院则义不容辞地承担起中国画伟大复兴的责任和使命。上次听靳尚宜先生说，我虽然是画油画的，

但希望更多年轻人关注国画，因为只有在中国画里才可以出现大师，这都说明他的胸襟和思想上的高度。

藏：中国人画油画有点像外国人唱京剧，能达到什么样的高度，很难说。

范：我曾经写文章说到，近、现代中国美术教育开始是学习日本，后来学习法国、意大利，然后是俄罗斯，从这些地方回来的人大多影响了中国美术，有的二三十年，有的四五十年了。我在南京师范大学的时候，我的素描在当时有点另类，画素描写生用木碳，其他人都是用铅笔。恰巧当时我的系主任是从法国留学回来的秦宣夫先生，他走到我的跟前说，"这张很好"，于是我的画就挂在了教室的正中。秦先生是从法国回来的，不是徐悲鸿的学生，是同事。如果他是从俄罗斯回来的，那就不会看上我的画。俄罗斯的大部分东西都是学习欧洲的，而且有一点二倒手的意思。当然每个民族都有伟大的优秀的有才华的艺术家，俄罗斯也不例外。

藏：印象派出现后，艺术家才知道这是艺术最本质的东西，不负载任何所谓的政治或是其他的东西，艺术就是要表达心灵。

范：尤其是印象派和后期印象派。我比较喜欢梵高和塞尚。我觉得塞尚和王原祁很相似，梵高和徐渭有许多相同处。虽然梵高很了不起，但是由于民族情感我更喜欢徐渭。

藏：中西方的绘画在你身上是怎么体现的呢?

范：中学为体，西学为用。每个民族都应该有主心骨的艺术，中国画也不例外。如果说到体用比例的话会因人而不同，具体的量化起来也比较困难，我大概是七比三。徐悲鸿是六四开吧。徐悲鸿的书法写的太好了，有教养，到底是康有为点拨过的。

现在国家画院的工作室教学既不是学院式的教学，也不是中国传统的私塾式，也不是纯粹西方文艺复兴画室那样，应该是三位一体的融合。这种教学模式或许能走出一条崭新的具有中国特色的中国画教学道路。

藏：你怎么看齐白石?

范：了不起的画家。现在把齐白石捧得非常高是对的，但是我们还有范宽、赵孟頫，还有徐渭和陈白阳，还有金农。齐白石的画是文人画中偏了一点乡土，恰好这个乡土味是鲜活的，是元气十足的。有野气，但恰恰正是生命力旺盛的表现。齐白石的松鼠、

扫象图

49.5cm×49.5cm
纸本设色
2013年

踏浪渡海

49.5cm×49.5cm
纸本设色
2013 年

葡萄为什么画得那么好，他原来是细木匠，天天雕刻这些东西，下笔就十分深刻了。有时参加研讨会，听人发言说齐白石是为文人画最高典范，我大疑惑。齐白石的身份不是文人，而纯粹是个画家。我想来想去，齐白石自己也认为是青藤、白阳门下走狗。那文人画之最的桂冠，恐怕当属青藤、白阳，或是八大、金农 。若是我也来点评的话，范宽的雄浑是当之无愧的中华气派，倪云林的清高，无人可及，青藤狂傲，八大嫉俗，王蒙有山林之气，白石先生应占田亩野趣一格，细读白石的画，应该不难看出。这里，我毫无贬低大师的意思，在中国画伟大长河里能占一格的又有几人？我认为，白石画花卉，粗枝大叶而有天趣，印章应该说是木刻刀法。书法直来直去，朴实简略倒也暗合禅意。窃以为，细草虫配大墨叶，不很和谐，但也是发明，可以让后世的理论家拿来咀嚼咀嚼。且打住，小子放肆，不过有话就说，有屁就放而已。

藏：当下中国画收藏你怎么看？

范：明眼者将越来越多，优胜劣汰，现在是鱼龙混杂，时间会分辨出金与沙。清者自清，浊者自浊，不要有过多的担心。

藏：像刘知白这些画家如何呢？

范：如果你细细地品读这些老画家的画作，你会发现总还是少点儿东西。他们当时没有出名恐怕也不奇怪。就像是普洱茶、紫砂壶，都是量少也比较特殊的东西，画廊和画商拿出来炒炒，这只是画商的个人目的，对于中国美术史是没有什么意义的。

藏：你现在画画是一个什么心态？

范：我是以自己为主。我觉得 21 世纪的中国画家都应该有这种心态。这个时代的画家必须确立自信，自己都信不过自己还有可能发展吗？确立自信才能够自我。有人说我狂妄，我说我还不能有一点理想吗？想做大画家不是缺点，我从小就是这么想的，难道这有错吗？我是狂而不妄，没有才情是不能做画家的，没有修炼是不能做好的画家的。

藏：你更满意你的罗汉还是山水？

范：还是雄浑一点的山水，这是我的本性。

藏：可是市场看重的是你的罗汉。

范：这也是没有办法的事情。但我的本性是在我的山水上，雄心迸发，把我的心性添加进去，尽情尽兴地去画，就顺着这条路走下来。确认自己的同时完善自己。要尽力向前走，要追上前人，要叫后人追不上。 我们走多远，当代中国画才能走多远。

观鹿图

49.5cm×49.5cm
纸本设色
2013 年

我说中国画柳暗花明

文\范扬

中国画坛不平稳。

先是李小山说中国画穷途末路。

市民休闲广场

54cm×42cm
纸本水墨
2002 年

一石激起千层浪，老画家们也吃了一惊。细想想，大约拿不出什么有力的证据能说明中国画比以往茁壮强大，所以有点张口结舌。好不容易，找到黄秋园的画儿，力捧之，夸奖之，追封为中央美院教授头衔。老一辈人也是好心，不屑与小字辈争执是非，只是婉转地告诉青年人，不以规矩，不能成方圆，少年壮志不言愁，总不如天凉好个秋。年轻一代，少年气盛，不听老人言，不买这个账，他们自有说法。君不见楚骚、汉赋、唐诗、宋词曾当如何？今日也进了故纸堆。京剧两百年，算离得近的，艺术之高明，自不待说；影响之广泛，上至帝后，下到黎民，宫中乡里，海内海外，辉煌绚烂之极矣。待到新式话剧一出，

从埃菲尔铁塔远眺

54cm×42cm
纸本水墨
2002 年

巴黎塞纳河

54cm×42cm
纸本水墨
2002年

而后再有电影、电视，京剧便冷落了，也成了要保护抢救之珍稀文化了。想想确实不服气，多少工夫下下去，多少精神提上来，行当作派，水袖台步，曾赢得满堂彩。到头来却不及歌星们摇头晃脑、把着话筒、伸胳膊踢腿，赚得痴男痴女神魂颠倒。时至今日，四大名旦不及四大天王，盖叫天不如成龙了。这有点像老画家，吮墨耕砚，舞弄一辈子，你说他这玩意儿过时了，岂不气煞。

后来，又有名家说，中国画笔墨等于零，捅了马蜂窝，讨论又开始了。

本来，中国画形式即是内容，风格就是人，无须废话，就算笔墨等于零，一切还要从零开始。

再后来，又有人提出传统中国画不可取，无藏身之地，是废纸。于是又有一争。

不知为何，关于中国画讨论的命题，倒是有点像说书匠的惊堂木，拍案惊奇，然后开讲。不同的是，说书先生肚子里有故事，是一言堂。而今天的宣讲者，不知他有何主张，故只能是群言堂，七嘴八舌，吵吵闹闹，各执己见，大声嚷嚷，有点像起哄。文章也多，看得懂的，看不懂的，有玄虚的，有实在的，有高明的，有卑微的。理论家们都挺忙的。

画家们不能空口清谈，只能往前走，也不管山重水复，也不管穷途末路。行到水穷处，坐看云起时。画家实际上也在思考，有时候直觉性的体验感悟或许更接近真理。展览很多，画儿很多，画家画作层出不穷，中国画坛繁荣兴旺，多元化。

大致分分，画家的艺术取向还是可以归类的。

类型大约有三种：

一是延续传统，做故纸堆里的整理发掘。

传统是宝藏。现在大家认为的传统，已经是很宽泛的了，并不仅指宋元以来的主流水墨画，也不仅指“五四”以后的改良中国画。沿着传统走下去，也是一条很有意思的路子，纵深发掘，可汲取的东西很多。有巨人肩膀可攀，比自个儿在一旁蹦跳起点要高，可做的事也很多。我记得有大哲贤人指出，倘取唐风宋韵，掺和敦煌灿烂色泽，或能创造出新的中国画，挺宽阔的一条路子。固然，古人悠闲，诗书画印都会，但是今人视野开阔，中外兼顾，眼光自有不同。举个例子，有位画家朋友说，坐飞机时，凌虚御风，俯瞰大地，看足下山脉，云烟遮掩，大地青绿，无边无垠，古人又不及我矣。眼界不同，笔下自然会有分别。我也认为，中国画有如围棋，是个高尚的智力游戏，其材质也简略，其变化也无穷。千载之下，聪明才智之士，沉浸其中，作精神锻炼，智慧陶冶，其乐也融融。所以，元四家以后有明四家、清初六家、扬州八怪、金陵八家，近现代有吴昌硕、齐白石、黄宾虹、潘天寿，气脉不散。自今而后，还会有人物涌现的，各领风骚，各在其时。这类画家，如佛家之中之渐修者，各人本着根性，修不成菩萨，修得个小佛儿也行。

二是搞“洋务运动”的。

国家开放，新潮涌来，五光十色，令人炫目。现代、后现代、装置艺术，行为种种，万花筒。有如世纪初，外国文字涌入，新青年们觉得新鲜，说白话，写新诗，要打倒孔家店了。今日的中国画家，有点像早年人们译名著，林语堂谓之曰汉

欧洲之教堂

46cm×53cm
纸本设色
2009 年

语欧化，有点生硬。新诗也有可看的，有感觉，但毛病是停留在感觉层面，浮光掠影，不得深入，不得深刻。搬弄现代水墨，画面给人的感觉总体上还是外国人的，有现代感是其好处，但拿来之后，本土化不够。文化这东西，不像桑塔纳技术容易移植，可以一蹴而就。我觉得，他们像是吃了德国捆蹄，又灌下去大扎啤酒，不大容易消化，脾胃不适。

再就是名目的提出，如“实验”类的字样，等于在说，我这还不行，我试试看的。不大自信，少一点中国气派。话说回来，尝试总是可贵的。他们的画作，给大家提供了视觉上、形式上拓展的可能性，他们是先行者，是后来人的铺路石。

反思之下，“五四”新文化运动热闹过后，真正留得住的，留在文学史上的，不是文学青年，而是那些吃透传统文化，有底蕴、继承发展的一路人物。他们并不急着要和外国接轨，却反而能够自立于世界民族之林，作品到今日，都还站得住脚跟。那么在今日之中国画坛，

新娘新郎

52cm×28cm
纸本设色
2009 年

应该也有这类画家。

这一种类型的画家，简而言之，是继承创新的，这类画家人数最多，石涛上人说，笔墨当随时代。讲了两个内容，第一是要有笔墨；第二笔墨是与时俱进的。我们的前辈有经验可以给我们借鉴，徐悲鸿“中学为体，西学为用”，说的就不错，影响了一代人。林凤眠、傅抱石、李可染等人，做得也不错。在体、用上，各人把握不同，有的偏西洋，有的偏中式，有的依托造化，靠写生支撑。这里要看到，他们的传统功夫不错，至少是有相当深入的了解和把握。还要看到他们共同关注的是自然中讨生活，重视写生。套一句老话“师古人”以后是“师造化”。造化给人启发，逼着画家用自己的方式画，画着画着，就画出来了。成功的“师我心”的画家还没有，就形式的特立独行上抑或师心境界的层次上，都还不曾看见青藤和八大式的人物画作。岔开一句话，中国画真是魅力无穷，每当我打开徐渭、董其昌的画册，总是觉得受到刺激，前人智慧的光芒穿越时空，令我震颤。愿我们也能画得更好一些，让“后之视今，亦犹今之视昔”，则吾心足矣。

我们这一代画家开始走向成熟，人们开始重新审视中国本土文化的精髓，不少人有了主见，再穿唐装。这个倾向是在最近。

中国画生命力强大，画中国画的人真多，学院派、画院派、南派、北派，老画家，新文人，各自为营又互生互长，中国画坛热闹得很。中国画无疑有路，中国画柳暗花明。

街头画像

52cm×68cm
纸本设色
2009 年

朝花夕拾 新鲜采摘

——说说我的“世事绘”

文 / 范扬

每天我都要看央视的新闻联播，秀才不出门，能知天下事，这是多年来养成的习惯。在京城，我订了《北京晚报》、《新京报》。报纸拿来，先是浏览一通，然后拣有兴趣的细细读来。如今，世事纷繁，慢慢读文字已经是一份奢侈，看看报刊的图片，倒真是一目了然，有人说现在已是“读图时代”了。

不过，要真的考究起来，看图说话是最原始、最本能、最直接的阅读。古代岩画中人、马、牛、羊、太阳、谷神什么的，读来十分精彩，虽不确切知晓先民们所言何事，但总觉得是有内容的。远古的一些大事，狩猎、收获、生殖、祭祀、纪念、战争与和平等等，透过这悠远的屏幕，总是在诉说着什么，让人慢慢来咀嚼。

我曾经到过天水附近的卦台山，据传那里是伏羲“一画开天下”的地方，是个小山坡，气象却不凡。登高望远，但见葫芦河呈S状流过，将地块分作阴阳鱼，是太极图之初始状；而其四周山坡环绕，田块横陈，长短断续，倒也正暗合了卦象。我想，这伏羲大人作为氏族首领，要把这部落疆域之所在，画一个核心的大概。所谓王土臣民，要有个直观的地图来展示说明。这个太极八卦图，是政治版图，是经济地图，是军事地图，是风土水利图，是地理环境图，什么都是，“一画开天下”哉。

这以后，彩陶、玉器、青铜器上的图形，还要提醒人们睹事辨物，知晓忠奸，趋利避害。秦始皇得天下，也要写放宫室，这都是有道理的。汉画里说的故事，已经是表现天文地理、神仙故事、众生百姓、山川走兽，真是包罗万象了。车马出行、弋射渔猎、冶铁井盐、庖厨宰牲、歌舞宴饮、百戏说唱，神马都有。画宫廷大事有荆轲刺秦，画神异变幻有羽人戏龙。三足乌、九尾狐、嫦娥玉兔、熊罴虎鹿、龙象凤龟，整个儿一动物世界。东王公西王母，天上人间，应有尽有。从史实故事到生活琐碎，从佛道神话到农桑耕织，皆有图可观，蔚为大观，有图为证，图说历史，生动真实，不让文字。所以，人们还是重视图像的。“河图洛书”也是有“图”有“书”，先“图”后“书”。图书馆，“图”还是排在“书”的前面。我认为，今日之读图时代正是人们认识世界途径的本能回归。

足球拼抢

33.8cm×87.6cm
纸本设色
2014

再后来的绘画，人们往往画自身周围发生的大小事件。画重大新闻有唐太宗李世民接见吐蕃使者的《步辇图》；表彰将帅的有《凌烟阁功臣图》；画军事行动的有《免胄图》；画权贵大臣寻欢作乐的有录像式长卷的《韩熙载夜宴图》；画体育运动的有唐人的《马球图》；画贵妇出行的《虢国夫人游春图》；画熙熙攘攘百姓街市的《清明上河图》；画宫苑生活的《捣练图》；画小商小贩的《货郎图》。画寿星，画婴戏，画牧放，画乞巧，琴棋书画，渔樵耕读，世事皆可入画图。

到了清末民初，沪上有《点石斋画报》，画新闻事，画洋务买办，画本埠商铺，画士农工商各行生计，画火车轮船舟车往来，画学校书童朗朗书声，画烟馆病痨吞云喷雾，画花街柳巷拆白打闹。民间民俗，无所不至，倒也如巴尔扎克的小说，生动真实的呈现了时代的印迹。现在拿来翻看翻看，也蛮有意思的。

民国时候，有陈衡恪先生，住在北京，画了京城的一组人物风俗，用了简略的笔墨表现百姓的生活，取了写实写生的意味，很有“民国风”。

又有丰子恺先生，画了身边的小人物，小事件，小情境，小街小巷，小儿女趣事，让人读来感到十分亲切体贴。

而今，我看书读报之余，也随手拈了毛笔，拣取自己感兴趣的事情，把报刊上的图像勾画勾画，也算是个图画笔记吧！记得鲁迅先生有杂文集名曰《朝花夕拾》，也是取了俯拾即是、新鲜采摘的意味。正如城里的人们往往喜欢刘姥姥带来的田间瓜果，都市里的大人也带着小孩到农村去采摘草莓鲜桃，欢喜的是这一份新鲜的泥土芬香，和着这过程的乐趣，同时，也变换了平日生活里单调重复的程式，此中乐，乐无涯。我读报读图，有了心得，图画记之，随手勾勒，自己也得到了一份莫名的新鲜快感。

虾饺皇

34.5cm×17.5cm
纸本设色
2014

中国三高

36cm×37cm
纸本设色
2014 年

中国男子冰壶队

37.5cm×52cm
纸本设色
2014 年

每天早晚，取了报纸，泡杯清茶，蘸了玄宗墨汁，就着红丝砚台，案头上拈来随手裁就大小不等的宣纸，随看随画，也画出了一叠图画，真实不虚，不打诳语。

国际国内，能知天气；家长里短，能接地气；而三才之中，自有我在焉。

比如，曼德拉去世，报纸上登了他竞选时的图片，我画了下来，表现他的英勇顽强。嫦娥三号成功落月，虽说是画在巴掌大的纸上，我也画出了气氛。恒大足球队在广州天河体育场亚冠联赛中夺冠，队员们抛起了教练里皮，入了我的图画；《好声音》中的吴莫愁，表情生动，体态婀娜，举手投足间神采飞扬，也很是入画。《老外撞大妈，大妈不让走》，我也画了。《小罗吃红牌》、《博尔特赛过公交车》也是我作品的题目。最近，我还画了一组索契冬奥会上的新闻，有《李坚柔获得中国队首金》、《周洋霸气回归》、《中国男子冰壶队入四强》，也有普京会晤安倍牵了秋田犬的画面等等。

另外，我画了《中国三高》，说的是高雅歌剧；也画了《正月社戏》，画的是活跃在乡间的草台戏班。我画了我喜欢的拳手邹市明在训练中，也画了乌克兰的都市风云。

今年暖冬，我画了前海冰场上溜冰的人们。这两天，京城有雾霾，我还画了雾霾中奥林匹克公园晨练中的“光猪跑”队伍。

画了这许多事件这许多画儿，我给起了个名目，叫作范扬的“世事绘”。说的是画了世间的人和事，“世事绘”是实指，也算是大而化之的虚指吧。

朋友老杨杨建国兄看了这些画儿，喜欢。说是要在《东方艺术》上发个专题给大家看看，独乐也众乐，我也挺乐意的。

我想说的是，人们常常要把一些时新的画儿冠名为“当代”、“现当代”、“后现代”，我想，如今我也加入了。我的这些画儿，等于老酒装了新瓶，或是新酒装了旧瓶，也“现当代”了起来。我的这些画儿，我也给加上了一个概念，叫作“现时现刻现当代”。虽说是比不上现场直播，也相当于朝花夕拾吧。“现当代”前加上了“现时现刻”几个字，是为了强调一下“当下性”，人们常说，要把握“当下”，指的不就是我的画儿吗？

闲情雅趣

水晶蟾蜍

玉羊

玉剑具

铜盖罐

雕漆盘

螺钿镶嵌梅花漆盘

观音像

铜佛像

紫檀木雕

青花将军罐

文石

文石

文石

彩陶罐

嵌宝首饰

瓷羊

铜印

物以神聚

物以神聚

—— 范扬国画展

范扬先生在当代中国画坛富有盛名。从 1984 年创作的大幅主题性作品《支前》获第六届全国美展铜奖开始，几十年来，他在艺术上激情涌发，以开阔的思想观念不断探索，笔耕不辍。他的画路宽广，山水、花鸟、人物皆长，写意、工笔、书法跨界贯通，喜欢在表现题材和形式语言上多做尝试，从挑战自我出发，达到得心应手的境界，大幅创作与精致小品均追求意境之美和笔墨品质，以高产的积累和鲜明的个性成为当代中国画艺术开拓创新的一位重要代表。本次展览展示了他不同类型的精品 150 余件，是他多种手笔的一次汇集，以作同道交流，并供观众激赏。

以中国画的当代发展为理想，范扬一方面坚持深研传统、广收博取，体现出一种从融通到转化的学术智慧；一方面坚持深入生活，神游自然，以捕捉和表现物象的“神态”为追求，敏锐感受万物生命的情状，把握创作感兴的“禅机”，取象造型视角新颖，出其不意，构势造境落落大方，清朗畅怀，用笔用墨用彩浑然贯气，语言节奏与情

2015 年 5 月 7 日
范扬国画展开幕式

感节奏交相迸发，在笔墨语言上自成鲜明的体格，焕发出生机蓬勃的时代气象。

在山水画创作上，他承继宋元以降大山大水的传统，朝向“笔厚墨沉”的美学境界。他在走进大自然之时畅开胸襟，直接体验自然给予的启迪，体察造化之妙。他所画的山水不拘地域之限，以超越传统的视角既画纯粹自然的山水，也画与田园、村镇乃至都市关联的山水，体现出一种具有当代视野的“大山水观”。近十年来，他在对景写生上尤下工夫，从太行到巴蜀，从皖南到云贵，从国内到海外，临场所感，逸兴盎然，性情所致，笔不能收，写生数量巨大，画出了可观、可居、可游的山水情境。“写生范扬”一词，不仅表现了他在山水写生上拓开的新途，也表明他在“写生”与“创作”同一性上所达到的精湛水平和时代高度。

在人物和花鸟上，范扬也同样信手拈来，皆成文章。他的花鸟画章法别致，意态不凡，在笔线、墨色与色彩上放松自如，花鸟形象与形式语言都散发出活泼生机。在人物画上，他既有用浓墨大笔表现的乡土风情，笔墨粗犷有力，显示出继承传统文人画的大写意风神，也有以墨彩并茂的形式画出的高士与罗汉，可见他在文人画系统之外还取用传统壁画、木板年画等民间美术资源，别开一方情趣。展览中最新的作品是他的“世事绘”系列，在这个系列中，他将游历观感与时事新闻结合起来，画出了当代世界和生活现实中的事件和人物，刻划出诙谐风趣、让人忍俊不禁的场景和形象，也实验性地延展了中国画的表现题材。

作品形态多样而精神内在统一是范扬艺术的鲜明特征。万物华发，竞相自由，世相多姿，纷呈生机。在范扬笔下，物以神聚，生活与生命的光彩尽显其神。

范迪安　2014 年 5 月

物以神聚

——范扬国画展研讨会纪要

时间：2014 年 5 月 7 日下午

地点：中国美术馆七层学术报告厅

邵大箴（中国美术家协会理论委员会名誉主任、中央美术学院教授）：范扬有传统文人画的功力，有全面的艺术修养。他的人物画、山水画和花鸟画都有独特的个性面貌，随意写来，生动活泼，富有神韵，毫无刻意雕琢的感觉。这得益于他长期的艰苦实践，除了在学院训练的基本功外，他是“艺不离手”的人，走到哪里，都画速写。2007 年，他参加中国美协代表团访问俄罗斯，十来天时间，画了几大本速写，其勤奋与写生能力令同行者惊叹。他的题为“世事绘”的系列，是根据中央电视台“新闻联播”和《北京晚报》、《新京报》等媒介提供的文

范扬国画展研讨会

字和图片迅捷构思创作的，表达自己对国内外重大事件的直接感受，可谓“即兴式时评绘画创作”。山水画创作是范扬的拿手，也是他这次展览的“重头戏”，他自成一格的“范体”山水，画风散淡而烂漫，与流行的李家山水、傅氏山水、黄宾虹山水均有区别。飘逸飞舞的线条与体面，用浓重而酣畅的笔墨表现出来，得意忘形，与其说他是写客观自然的面貌，毋宁说他是尽情发挥自己的想象力和创造性，施展自己的才智，发掘心中丘壑。历来绘画创作有偏于主观和偏于客观的不同派别，范扬是主观派，主观得“倔强”和“放任”，在艺术上有这种“倔强”和“放任”便有了鲜明的个性。当然，这种主观性和“倔强”、“放任”，必须建立在对传统和自然虔诚与尊重的基础之上，范扬在艺术上相当主观与高度自信，可是在自然与传统大师前面是虚心的，这从他向学生传授技巧时的言论中看得出来。此外，对待别人批评他作品的意见，也是平和、谦逊的，他既广听意见，又一意孤行，这两者虽说是矛盾，但符合艺术家做人从艺的道理，不随波逐流。在一次会议上，我曾说他画得太快，建议他画得慢些，他没有反驳，后来我才知道，他是快手，但同时根据情况能快能慢。他也常常教导学生，要害处要放慢笔，要动脑用心。

范扬是当代中国画界的名家，他的艺术正是“风华正茂”

中国国家画院院长杨晓阳在范扬国画展开幕式上发言

时，由于他的勤奋和悟性，未来前程不可限量。相信他以此展览为起点，向艺术高峰继续攀登。祝他成功，再成功！（书面发言）

薛永年（中国美术家协会理论委员会主任、中央美术学院教授）：从办展的频率和宣传报道来说范扬他很高调，但是从接人待物来看他又很低调。这次在中国美术馆的画展，范迪安先生为此撰文十分精彩，其中他借用张怀瓘评论王献之的书法的语言来评论范扬，非常巧妙与深入。有了范迪安先生的这个文章，我再讲以下几点。

一、“精神和家风”。这个展览的学术主题为“物以神聚”，使我想到石鲁先生提出的“以神写形”，但不是通常意义上说的“以形写神”，因为是要特别强调中国画创作的精神性，我想范扬也是如此，即特别重视中国画的精神性。他的作品不管是山水、人物、花鸟，吸引观者的不是形，不是笔墨，更不是法度，而是一种精神气概。这种精神气概，我看有四方面的内涵：一是披沥当代、立足千古的自信；二是体现民族性；三是冲击视觉；四是激情飞扬，躁动生猛，开疆扩土的个性。这种自信性是充分相信自己的材质与能量，相信自己是当代的高端，同时又把对自己的期许放到历史长河里面去，既与古人对话，又与古人血战，一决高低，以便使自己的艺术成为几百年以后的大家，成为后人尊敬的典范。范扬不但有这个心，而且是以诗为魂魄、以书为骨血的精神和西方绘画争雄。一种强悍的视觉冲击力，是一种比草书还快、风驰电掣的速度感，提炼对象的单纯、明朗，表现自我极度强烈化。他的艺术个性是生机勃发的，特别张扬的，非常生猛的，又是特别自由的。

范扬先生的作品首先有诗性，这与他的家族有着很大的关系。他出生在南方范氏诗文世家，四百多年出了好几代诗人，他的高祖范伯子就是李鸿章府的著名诗人，他曾祖辈陈师曾是近现代文人画的一面旗帜，他的绘画有来自这个文化世家的文化精神和文化品格。范家的诗风是积极进取的，是以儒释道互补的精神体现的，在他的画里面有反映传统精神。本来山水给人的感觉是静的，但是范扬的山水画是动感极强的，像范氏家族的诗一样，静穆且又有一种豪侠气。譬如他画的传统人物题材，不管是画罗汉还是僧人，动中有静，静中有动，这体现了一种超越。

第二是“书写”。刚才我讲到范迪安先生用唐代理论家张怀瓘评论王献之的话来评论范扬，张怀瓘写了书论又写了画论，他的理论是打通了书画，这与范扬的家族主张也是相通的。在 1980 年左右，我去新源里看他叔叔范曾，范曾就给了我一份刻钢板印出来的一篇文章，这篇文章是准备给某一个文化馆讲座印的，是专门讲书法的，特别强调要体现自然之道。范扬的书法我觉得写的很出色，他的造诣和格调都很高，如果把他艺术擅长排个队，我的说法是书法第一，绘画第二。他的书法气厚、神逸，字体雍正，笔笔中锋，亦行亦楷，字形随意，不欺世，也不媚俗，而他的绘画也得益于他的书法。所以，他非常自觉的以书写精神来作画。他的山水、人物和花鸟都非常重视笔线的作用，中锋用笔，笔要求它平正，墨要求它的浓厚。整体来看，他又重视书写里面连贯的气脉，点线的节奏，笔笔相生，一气呵成，尤其特别重视晋魏时代就提出来的“笔势”，有了这个笔势，他的画不是靠形象，不是靠造型，而是靠笔墨，是用书法家的笔墨来跟对象对接，对接的时候有感迸发。范扬的祖上代代都是诗人，范曾也是画家里的诗人，念大学的时候范曾就组织了一个诗社，还把他祖上范伯子的诗集，还有他祖父的诗集送给了我们这些舍友，还办了一个板报，刊登了大家写的诗。我就问著名美术史论家王伯敏先生范曾写的诗好在哪，他说范曾写的气象大，我看范扬的画也有这个特点。他的画很有气象。范扬很懂得诗境、画境的情景交融，我曾观看过他早年的展出的《唐人诗意图》，他很会表达这个诗意，采取青绿山水和工笔人物相结合，平涂颜色类似民间美术的那种画法。还有一幅《闺怨》，他也做了重新的解释，画的是少妇面对着牧牛和童子，她看着很开心。在他的画里经常使用前人的诗句，可以看到他良好的传统修养。

第三是“师古人”和“师造化”。范扬创作有两条：一条是“师古人”，研究传统；一条是“师造化”，就是出去写生。他的作品写意性很强，人物和山水都是写意的，而且是大写意。为什么写意很强呢？这跟他研究传统是有关系的。他读的大学是南京师范学院美术系，前身就是中央大学艺术系，这是开创中国水墨写生新风的发端，当代画坛的主流是发展了这种水墨写实作风的，尤其人物画方面表现突出。范扬的风格是写意，他画的古代题材的人物画，可以看到是来自吕凤子的简约传统。他现在这些画，画的很厚实，既有时代气息也有生活气息。他的古代题材我觉得很精彩。这些作品不是重视客观的真，是要表现主观的真，心态很自由，不拘形似，即兴抒情，这都跟他的学习有关，因为从他的作品可以看出，他学的很灵活，善于消化，善于化古为我，善于和古人对话，在古人的绘画因素里面找自己需要的东西，找自己不足的东西。他的人物大写意可能得法于民间美术等，立足从传统的样式里面脱胎换骨。他的山水画沉厚而率性，狂放而充实，有视觉冲击，但又注重文化内涵，以古为新。仔细端详他不属于写生的山水画，可以发现他是汇聚了很多古人的因素，我看有石涛的精神灿烂，徐渭的奔放恣肆，还有王蒙的致密和涌动感，吴镇笔墨的磅礴和沉酣，王原祁的生动，黄宾虹的华滋，还有傅抱石的磊落都吸收了，尤其是石涛那种法无定向、气概成章的精神对他影响很大，他把笔下的山水画画出了充满阳光美的一种面貌。他的山水画有两种：一种是利用改造前人图式画自己的胸中丘壑，也吸收了西方新表现主义的东西，这种作品跟古人相比是似与不似之间，这种笔墨描写与物象之间的关系是若即若离，但是面貌很强烈。另一种是山川写照，这种大量写生的作品。我更喜欢后者。范扬的写生有两个来源，一个是古人，他是要画出大自然的生机，不是对着对象画，而是画出对象的神采来。古人讲“写生”的含义也就是传神，宋代有写生，苏东坡讲“边鸾雀写生，赵昌画传神”，传神和写生是一回事，范扬的做法就是脱胎于写生。另外一个来源是 20 世纪美术教育引进西法的对物写生，傅抱石就提倡写生，而且组织了 2 万 3 千里的写生。传统的中国画教法是先学古人，再师造化，现在的中国画教学是二者并进。不过南派的写生是带有意象的，而北派的写生是更细致研究对象的。范扬一直坚持写生，我的理解是，一方面是看到了大自然比古人的画更生动、丰富、更能促进作者与大自然直接对话，在观察感受和挥毫作画中实现天人合一。另外一方面，用写生把学习古人的东西拿到实际里面去检验、发展、突破，去提炼新的作品。

范扬任南师大美术学院院长那年，将研究翻译贡布里希著作的范景中和曹意强二位高薪聘为教授，范扬是组织者和参与者，贡布里希的一个重要理论就是继承图式，这个理论深刻的阐明了艺术与文化、传统与现代的关系，对于传统图式的继承和发展很有启发。我不知道范扬有没有受到过这种理论的启发，但是，说明了他对图式的继承，对待传统与写生的关系。近些年来，很多中国画家重视笔墨和传统值得肯定，但是研究精神气韵不够，深入生活后的感受不够，尽管画的是很不错，但是没有从前人跳出来形成自已强烈的面貌。范扬倡导写生，积极带领学生写生，我想是很有现实意义的。

最后要说的是，一开始我更喜欢范扬古典的人物画，而不是他的山水画，他的古典人物画表现的是一种精神的超越，而他的山水画是让人激动紧张的，虽然是运用拖泥带水皴法而一气呵成，与众不同，粗犷、阳刚，面貌很强烈，但是征服力太强。最近几年，他的写生山水这种感觉没有了，内容和艺术上丰富了，对立统一的因素更多了，秩序感也强了，过去文人山水画主要是南方的传统，优美流动的更多，壮美的因素少。范扬从南方到北方，他的作品增加了南北结合的意韵，南方的画家讲究"师造化"，他的作品不仅仅是从造化里找山找水，而是造化里面的发展和变化，那种多样的对立因素的统一，譬如说疏密、虚实、浓淡、参差、方圆等等，这些因素不但形成了一种秩序感，而且也是一种形式美。范扬当代写生作品，南北兼融，我觉得是一种飞跃。如今他正好是花甲之年，是齐白石变法的年龄，已经取得了如此的明显成绩和影响，所以说他的未来前途不可限量。祝他的展览和研讨会圆满成功。

孙克（中国画学会副会长兼秘书长）：今天非常高兴参加范扬的个展，美术馆可以说人山人海，的确这样的画展在美术馆很少见到。个性的张扬、激情奔放，喷薄而出。范扬说他很勤奋，我说不仅是勤奋，还有激情、天分和生活的积累。范扬从1984年在全国美展上那幅获奖作品，令人印象很深刻。那是一个历史性的题材，偌大一个场面，千军万马，显露出他的勤奋与天分。尽管范扬以前在南京从艺已取得一定的成就，但是到了北京以后，对他的生活和艺术是一个跨越。我个人来说，一开始不太适应看他的作品，但是看多了，这些年尤其是看他的笔墨觉得有道理，笔墨真是强悍，有很大的冲击力，形成了他的一种强悍的风格。他不仅有很好的传统笔墨功力，而且扎扎实实。他善于中锋用笔，书写性极强，且快捷如风，一气呵成。山水画在20世纪有很大的变化，当然已经进入现代的状况，黄宾虹、李可染先生等等从各个方面发展了山水画，到了范扬的手里，这个山水画又有了变化。

在人物画方面，范扬画了很多现实题材的，包括报纸、电视报道的日常生活中发生的人和事物，有画踢足球的，有画拳击的，甚至将马来西亚失联客机的事件也用绘画形式来

中国美协主席刘大为参观范扬画展

表现。所以，我觉得他关心社会、关心人生百态。这些画也不仅仅是一个简单的说明，一个叙述，而是充满哲理的同时又很有趣味，我看着挺有意思、挺有趣的，感觉很好玩儿，好玩儿就很重要。很多画家说我们画画就是为着玩的，好玩是一个艺术家的特点，如果不好玩儿，没有点意思、没有点兴趣，谁还去看你的画呢？

另外，他的几张大画，画的也很有力量，有一种生动蓬勃之气，这点很厉害。当中有一张画背景有很多颜色，我看有些马蒂斯、塞尚的感觉。北京画坛有这样一个画家，真让人非常振奋。

刘曦林（中国美术家协会理论委员会副主任、中国美术馆研究员）：范扬有一个好处，和气、和善，都是一个“和”字，这个“和”是非常重要的，是非常典型的以和为贵，也是一种人际关系，也是一种哲学，这是学不来的。范扬爽快，有什么说什么，该感谢就感谢，该怎么画就怎么画，我对什么有感触，我就画什么。孔子说：“知之者不如好之者，好之者不如乐知者”，把人生当做一个乐事，把画画当做一个乐事，快活别人也快活自己。应当说，范扬的画和范扬的人有一致性。

范扬和范曾两个人是不一样的，尽管个性都很强，但范扬的优点别人也不能替代。他给范家增光了，他给范家带来的是正能量。我和范扬是1984年认识的。那个时候的范扬，敢于绘制并把握住了重大革命历史题材，画得有节奏、有韵味，非常不容易，显露出他的才华和能力，是非常值得肯定的。他作为一个山水画家，他一边写生、一边给学生们讲课的时候，那种自如和愉快感令我非常羡慕，这一点非常重要。应当说，写生山水是重要的议题，人们对写生也有所争议，认为写生写太多了，有的只是写其形似，只是在画物质，不是在画精神。范扬是既写物、又写神，物以神聚，他把节奏感、音乐感、韵味感都尽情地发挥出来了，用精神凝聚成他的写生作品。所以，写生是非常重要的，当然我们在写生的时候，一定不要死写，早在20世纪二三十年代的时候，有传统派的画家，就对运用西画写生方法提出了问题，如果严格按照焦点透视，当运用到我们的画中，就把中国画的灵活的散点透视，哪种不受约束的自由方式丢掉了。我看到范扬有焦点透视的造型，但是最后是用中国画的线条和笔法渲染他的笔势，让它有韵味、有节奏，当达到感染人的时候，他的山水画便有了特色。有很多笔墨是很好的，但没有书法功底是写不出来的。所以，写生方面范扬是成功的，他这种写生的方法，和自然的交往，且一直在坚持，也给了我们精神方面的启示。

我有一个小短文，题为“要把人当人看”，范扬就是把人当人看。我看他的有些画，画的非常简单、朴实，没有按照典型人物、主要人物的交错关系和传承的方式来处理，他就是如实地把现实生活情境描写下来。他画的几张新疆人物写生，不是概念化的写生，也不是照片摹写，画出的就是新疆的那个味。我在新疆工作了15年，有一定的发言权，他画的就是有西域味。另外他对壁画的观摩，红颜色和绿颜色的运用，我想到了敦煌，他用传统壁画的写法运用到人物画当中非常好，大红大绿，这样可以看出他对传统的吸收。应当说，近百年来，中国绘画得到了全面的发展，能否形成了一种风气，用简笔人物表现现实题材。我们大家在看电视、看录像、看报纸的时候，能否用画笔记录下来，强化对事情和事物的认知，塑造人物的形象和表达一种人情味，这一点范扬做到了，也是值得我们学习和讨论的一个问题。如今范扬60岁了，可以说进入一个很重要的人生阶段，今后在山水画在写生当中，如何还保持对山水的幽微纵深含蓄的一种追随，如李可染的写生可以如实的表达眼前看到的世界等，这也是我对他的一种希望。

刘骁纯：（中国艺术研究院研究员、博士生导师）：范扬，杰出的大写意画家。他选择的艺术道路与多数中国画家中西融合、引西润中的取向不同，他探索了从中国绘画特别是文人书画传统的内部向现当代艺术推进的道路，并取得了重要成果。他的画，我最喜欢的是他的山石草木。大写意，是对才、功、胆、识、意、气的综合考验，特别是对才情的考验，许多大写意画家败就败在志大才疏。

大草写江山是范扬艺术的基本取向，率意是范扬艺术的突出特征。形率意，笔率意。形随意转，气由形生，目空一切，一挥而就。其着力重点不在山水而在借笔墨抒写胸中丘壑，故而范扬作品中的山水被不断拆解，与此同时，笔墨的地位却越来越突出并取得了突破，这种突破主要表现在范扬创造的十分个性化的，野中求文，乱中求治的笔墨风格，那自由飞动、法外求法的大草运笔恰恰是他放达超旷的精神追求的表达方式。（书面发言）

尚辉：（中国美术家协会理事、《美术》杂志执行主编）：范扬先生是我非常熟悉，非常敬重的老师。早在1995年江苏省美术馆展览的时候我就观看过他的作品，那时候应该是他艺术处于一种探索的时期。所以说，今天在中国美术馆圆厅举办个展，可以说奠定艺术造诣的一个展厅。对范扬先生的作品感慨很多，他作为20世纪50年代出生的一位画家，成长在新中国，又经过“文革”这样一代人所追求的艺术之路，尤其是中国画如何走向的问题。范扬先生成名作是《支前》，他之前探索的路径并不是非常清晰，从他1994年的《闺怨》，还有《雪山》这个作品的展出，我印象非常深刻，画面非常的小，以一种非常静雅的勾勒的方式，有一种古朴的感觉。应当说这么多年，他追求传统、并以古开今的路线并没有变，但是到了北京以后，范扬先生的艺术生命注入了新的活力，使他的艺术创作发生了一个拐点。我觉得范扬先生作品最感人的地方，或者说最能打动人的地方，还是他画的写生山水和表现现实生活的人物形象。他的山水画是以写生的方式来呈现，画面有焦点透视，但又有独特的视角观看物形的一种关系，并有自己的用笔的方法，所以叫“物以神聚”。他最重要的是用笔用线，用“春蚕吐丝”的一种方法，尽管是一种基本的用笔方法，但是在这种用笔的方法里面加上勾画点皴，是自己用笔的精神状态和率性的笔法来表现所有的山川人物。所以，看他的作品改变了我们对中国画三个方面的认识：第一，没有什么对象，没有什么体裁，不能够被范扬纳入画面。第二，他的笔法是有发展的。譬如说用笔的方法要藏头护尾，要讲究一波三折等等这样一些固定的程式，在范扬先生的用笔的笔法上是不多见的。他打破了人们惯用的一些固定的笔墨方法。第三，以粗、野、率来反拔静、雅、秀。他的画面有一种野逸之趣，甚至故意的用野来呈现貌似玩世不恭的样子，那是他的一种率性，目的是要突破固定的笔法和皴法。他把这种野逸和率真与写生对象有机地结合在一起。所以，不管是画泰山、武夷山还是画陕北高原、太行山脉，对象变了，但他的笔法是不变的。这就是他的风格给我们一个语言和图式的分析。今天在中国美术馆观看范扬先生的作品，他从那样一种纯粹的对于古人的回溯式或凭吊式的仰慕和追怀，并通过自己写生的感悟方式，重新达到了以古开今的这样一种状态。

第二，关于率性的问题。的确文人画是讲静、雅、秀，率性是我们今天对于写意的错觉。关于率性的用笔，譬如说我跟他一起到过西藏写生，他画出一批更加粗放和野趣的作品，也体现范扬对现代主义、表现主义绘画的一种追求，也不完全是传统的。当然，关于这种率性，在笔墨里面究竟控制到一种什么程度？我觉得今天这个展览，他已经改变了我们大家对范扬先生作品的一些认识。刚才薛先生谈到了，他的书法第一，实际上范扬在书法作品的框架结构和笔法结构上，似乎有传统而又找不到规规矩矩那一种传统类型，他是按照自己用笔的一种理解加上现代人对于造型的理解来处理的。通过这次展览，看到了范扬先生在中国画上面取得的成就，这是大家都有目共睹。我们既怀着一种赞赏的眼光，同时又有期待的眼神，范扬先生在下一次的展览的时候，能给我们什么样的惊喜，我们拭目以待。

张晓凌（中国美术家协会理论委员会副主任、中国国家画院副院长）：我和范扬是老朋友了，他能成功是因为他既非常聪明，又极为勤奋。在我的印象中，范扬每到一个地方，基本上就是画画，在中国美术界我只看到两个人：一个是范扬，还有一个是刘大为。范扬常说熟能生巧，实际上就是画中国画，量太小肯定不行。范扬就是聪明加勤奋，这是我认识他20年来的一个切身的感受。

今天看范扬的成就，如果从20世纪中国绘画发展的历史来看，我觉得他至少有三个方面有突破，是前人没有的。第一个就是他对题材的突破，他看见什么画什么，包括舞台讲话的麦克风，我们喝水用的茶杯，他是无所不画。我们在上面开会讲话，讲完以后，我们可以从范扬手里拿到一张讲话的肖像，这是在20世纪艺术史很罕见的。第二，是他的特殊的视觉结构。他的视觉神经，按照正常人来讲有某种疾病。有人把范扬跟梵高比，梵高的早期作品很写实，后来就进精神病院了，他画旋转的天空的时候人们很惊奇，之后就越来越旋转。最近，有一个西方的批评家写的文章非常有道理，他说梵高到晚年犯的不是精神病，是眩晕症，他观察天空的时候，整个大地、星星、月亮都是旋转的，这是来源于他的特殊的生理结构，我觉得范扬也可能有这种特殊的生理结构。这并不是坏事，因为一个艺术家太理性正常了，就不叫艺术家了，真正的艺术家从视觉到心理一定是有与常人有不同的地方。所以，研究他的视觉结构，可能对我们了解他的艺术有所突破。

范扬创造了一个全新的笔墨结构，这是他对艺术史的贡献。有人说，他的作品有黄宾虹的东西在里面，有王蒙的东西在里面，分析的很多，来源也很多。也许他没有临过王蒙，也没研究过黄宾虹，是大家分析出来的。我觉得他的整个笔墨结构，何家英称为“拖把皴”，这个说法很形象，但是这个源头是从哪来的，我真的不知道。如果说他的人物画还可以找到一点足迹是从哪里来的，而山水就没有来由。我觉得一个艺术家有三个方面的突破，造诣就非常高了。黄宾虹60岁以前的东西没法看，到60岁的时候突然上了一个新的台阶。凭心而论，范扬有些突破，他60岁的起点要比齐白石和黄宾虹高。

范扬的写生有他的过人之处。写生在

夜景步行街

54cm×42cm
纸本水墨
2002 年

20 个世纪 20 年代时期遭到传统派的很强烈的批判，尤其黄宾虹先生说，不去体察山水的真意，一味的写生，就变成写死了。看范扬的山水画还是要吸取一些古人对传统空间的理解，中国的山水不是简单的对景写生，那可能就会写死了。这个问题在中国画里有研究。现在的写生团，到每一个名山大川写生之后，回来就办写生展。看山画山，看水画水，比较简单。要学会造境，把不同的东西组合在一起，这本身就需要山水画境界的一个逻辑，要花脑筋和力气的，古人的山水之所以这么精到，是经过反复的思量、反复的组合形成的。没有写生肯定不行，怎么把写生的意义能返回到范宽、渐江那个时代。当然不是简单的对景写生，更不是表达物象山水的基本形象，而是能够体现山水本身的精神层面，在精神层面再重新组合视觉上能看到的东西，这样才能形成山水的个性和特点。

范扬和梵高比，还有一个方面是需要范扬努力的，山水也好，人物也好，就绘画本身，在梵高那里就是宗教。他不是一个简单的语言，简单的形式，他把自己的生命融入其中。我在日本看到了梵高有一张画疯人院，感动的不是疯人院的建筑，而是那个画面语言的震撼，所有的笔触都上升到了一种宗教精神，也希望范扬兄的作品有一种“宗教感”，因为那是思想者。

陈绶祥（中国艺术研究院研究员、博士生导师）：我比较关注范扬，跟他也心有灵犀。看了他这次的展览，我想要用感性的眼光，而不是用

范扬陪同第十一届全国政协副主席孙家正、第十一届全国政协副主席李金华参观画展

理性的眼光来谈三点想法。

第一，范扬是我们这个时代最好的画家，因为在这个前提下，他的写生强调的不是西方古典绘画的基础训练，因为那实际上不是在画画，是在画物质。所以，范扬在画任何对象的时刻，都没有忘记过迁想妙得。我们写生跟谁学啊，我说统统学范扬，因为范扬所有的写生都是生猛的，活泼的，他能够把这个东西做好真不简单。

第二，范扬有我们这个时代最具有时代特征的东西，譬如说我们通常认为绘画很难形成时代特征和风格，当我们看看唐宋的一些法度规矩，才明白为什么说唐宗宋祖是最具有革新的特征。我们看到范扬的画似乎所有的造型都是个巴掌，一巴掌抽过来的样子。有人说谁谁谁具有时代特征，因为他把某某某大师的整个笔法进行了革新，那就是我们这个时代最具有的特征。我说范扬的画才真正具有时代特征。

第三，我更喜欢范扬的人物画。范扬的人物画真正的笔法是书写性，他绘画的构架使我们看到一种行气，完全具有中国文人画的特征，既有诗情、也有画意，承载中国画精髓，加上他自身的修养和个性，是最丰富的、最有精气神的创作。我希望他更加努力。

范迪安（中国美术家协会副主席、中国美术馆馆长）：各位专家、学者，因为范扬的画展使我们大家坐在一起，既是对范扬的画的认识，也是对我们中国画当代发展状况做一个更深入的分析。

我在主持范扬画展的过程中，对他的艺术及其艺术思维的结构有了一些新的认识。我们说画家的名气是由多种因素形成的，但需要指出的是，如何从名人的角度更多的研究一个画家的整体的自律与感觉结构，可能是我们非常有意义的一个课题。作为一种文艺表达可能需要做到三个方面的统一，这就是知、行、意。从范扬几十年的创作生涯，特别是近十年来，他在这三个方面有了内在的有机性，也有这三个因素相互支持、相互激发、相互触动的这样一种创作状态。第一是“知”，事实上就是我们讲的一个学理。范扬首先在艺术的学理上有自己的深入思考。看上去他性情开朗，所写的文字也非常的白话，但是，可以看到他整个的艺术思维对传统艺术，特别是对传统书画的认知，他把传统和当代联系起来进行思考，且独辟蹊径地使得自己的艺术的感性获得自律性的支持。他的知识的构成主要是国学，应当说每个人研究国学都有自己不同的路径，或者说采取的方法和角度不同，但是，范扬是抓住了国学的一些很本质的东西。我们都说要传承传统，对于具体的画家来说，总是能够从传统的资源里面找到自己进入的路径，同时又能够在里面融会贯通，范扬在这个方面给了我们很多的启发。他从传统中找到的不仅是文人画的传统，还涉及传统的壁画、木版年画等，形成了融会贯通的一种非常好的学理结构。

第二是“行”。范扬是一个性情中人，也是特别能够施展自己感性的这样一位艺术家，面对自然山水，甚至各种普通的物象，总能临场发挥，意性昂然，激情所至，笔不能收，这是他创作的非常重要的特点。这不是装出来的风格，也不是装出来的状态，而是他自己由衷的放开了自己的胸襟的结果。所以，由此想到国学的另一个命题，叫做“空”，一种是境界中的空，更多的回归自然怀抱，回到我们讲的“道”这个层面。另外一个“空”，是他吸收和研究了很多之后，把自己的心情放空，所以他在很多的写生的作品里面，用“空怀”来面对世界，所谓“空怀”，也就是虚怀若谷，把很多东西都能够坐忘、放弃掉，使自己轻装上阵，在一个具体的临场状态中挥发他的笔墨，体现出对自然的情感。

第三是“意”。中国画写意是老传统，如何在这个时代画出写意的新面貌。中国画在当代如何有一种形态。艺术史给我们提供的就是不同时代的那个形态留下了的篇章。也许几百年之后来再看这个时代，如何能看到留下来的东西其实是一个时代的形态。范扬的笔墨有一个时代性的气息，他的笔墨具有一种活泼、生动、新鲜的当代性。这个笔墨是大的笔墨观，不仅是具体行笔用墨，而是在于他画面的整个的结构，他每个画面都能够有一个非常新颖的结构，面对自然风景，真正是从自然中来，又回到画面中去，不但立足于画面的创造，而且是绘画本体的创造。所以，这个“意”包括了整个画面的结构与章法，笔与墨关系，墨与色的关系。他的作品该密的时候真的是密不通风，千笔万笔落在实处，但是放开的时候，虚和实之间形成的张力又非常强烈。我们通常不注意的风景，或难以入画的一些景致，他处理的津津乐道。一些村镇、山川、田野乃至都市高楼广厦，在范扬的笔下都能够入画，这个意义很重要。范扬正是艺术创作的盛年，尤其在人物画方面，除了古典题材，能不能多些当代感受，多画些当代的题材，为这个时代的画坛再增添新的成果。

陈传席（中国人民大学教授、博士生导师）：我和范扬原来都是南师大的，我们都从南京来到北京。我们既是好朋友又是冤家。你看，本来范扬办画展，我应是全程陪同，但恰巧我的画展也在深圳、香港举办，这就无法全程陪同了，你说冤家不冤家。范扬的画画得很轻松、很随意，有时画不完便结束了，这正好应了孔子“游于艺”的说法。艺术本来就是游玩的，他的画谙合了孔子之道。

因为随意，便很生动，生动又是绘画的第一要义。范扬这个人，长得微胖而结实，徐州话叫厚敦敦的，他们画也厚敦敦的，即笔沉墨厚。这叫画如其人。

范扬的写生画不得了，比他的创作好，生动、流利而清新，其他人画不过他。

最近他画“世事绘”，更有价值，记者用文字报道、摄影记录，他用绘画记录时事，将来就是历史啊！这些画千万不要卖，将来存在博物馆里啊！

范扬画花鸟，多用细线，纯中锋，清新、生动、传神。他画山水用粗线，粗线也是中锋，但因为粗，总有侧锋在内，不如他细线，纯中锋，精力集中。他现在山水画也是粗细结合，是他的特色。气，是绘画的生命，一幅画有形无气，谓之死画，有气，谓之活画。现在很多人的画，皆是死画——有形无气，范扬画是有形有气，是活画。（书面发言）

马鸿增（中国美术家协会理论委员会原副主任、江苏美术馆研究员）：我来自南京，跟范扬认识的比较久。记得20世纪80年代中期有一个研讨会，范扬当时是30岁，他向我提出了“今人能不能超过古人”的问题，当时这个问题我一下子答不出来。为什么要讲这个事，说明那个时候的他，既有志向也有担当意识。有人说他有些狂妄，事实上是一种自信和担当意识。21世纪初他来到北京，他的画这十年来变化非常大。在南京期间，他的作品给我的印象是以才情为主，有一种放达的洒脱的风格，当时我对他的山水画的画法还有些看法，放达是放达，但似乎有些草率。这十年过来，他的作品给我的印象是沉稳与雄浑的艺术风格。我想这可能是十年磨一剑，但这十年他已经磨了好几把剑了，山水画一把剑，磨得比较好的，人物画也是一把剑，还有其他的小剑，比如说花鸟，书法等，算是

中天楼上画阆中古镇

55cm×183cm
纸本设色
2013 年

比较小的剑，还需要磨下去。他的艺术修养不仅仅是文人画，吸收的是文人画的精神和某一些文人画的笔墨，有吴道子的那种气势，赵孟頫的多才多艺的功力，是真山水、真性情。

应当说，范扬不但有高远的志向，而且也是一步步在追求。范宽讲过一句话，与其师于人、不如师于物；与其师于物、不如师于心。他把自己摆在师于物的阶段。从师于物到师于心，我很寄希望于他进入第三阶段，有一些画家过早地进入了第三阶段，然后变成老一套，没有大自然的生命气息，没有给历史提供新鲜血液。范扬虽然是正从第二阶段向第三阶段过渡的时刻，但是他已经给传统的中国画增添了新的血液，我相信范扬还会有更大的发展。

罗世平（中央美术学院教授、博士生导师）： 最早关注范扬的是他画《望果节》。今天看他的画展，非常有冲击力。确实他是什么东西都能画。多项和专项不是矛盾的。在中国画这个领域里面，看到他的艺术创作所做出的贡献。当今有人论述了笔墨，认为笔和墨都要就是传统，不要笔光有墨就是现代。在中国画当中，到底笔和墨彻底要割裂开还是放在一起，这是一个很好的命题。我想范扬的画给我们做出一个很好的回答。在他的画当中，笔和墨是同样的份量，尤其是他的笔显示出更强的份量。在他的画当中有才情和率性，还有文人画的精髓。我看他画敦煌飞天的时候，有着魏晋的法度，他画的罗汉和山水，罗汉是用的双勾填色的，但又不是简单的双勾线，勾出来以后不像古人用线把它封死了，而是断断续续的，有割断感，这样的一种关系给人就是一种写意的感觉。绿色的山，绿色的树，加上土黄色的色调，这都是他从传统的绘画当中提取的一个深挖点。

他的写生山水，我看到他画的香港、广州的大都市，画国外的大都市，包括都市丛林，这是关注现代生活进程的一种态度，用中国的笔墨去表现它。范扬很好地把城市面貌以及都市风情充分地表达出来，这在当代是不多见的，非常可贵。

陈醉（中国艺术研究院研究员、博士生导

范扬国画展现场

师）：范扬先生的作品，一个字就是“率”，用八个字，就是“乱头粗服、率意抒怀”。我看到他的作品，第一感觉是非常了不起。我对比他之前的成名作，我觉得范扬先生更了不起。他早期的作品，可以看得出他有很深厚的基本功训练，已经能够那么准确的把握一个大场面，无论是从中国传统绘画、还是从西洋绘画的构图，他的作品都表现得那么出色，确实应该得奖。

后来他全部舍去了原有非常熟练的表现方式另辟蹊径。学过画画的人都知道，用一种很熟练的方式换成另外一种方式，是一个很痛苦的过程，也是非常难以割舍的一种过程。他不但有着这种变革的精神，而且未到衰年就变过来了。这种变革的新方法形成了他的一种格调。在这种新方法与模式里，逐步形成了范式强烈艺术风格，这种风格很符合中国传统绘画的一种精神，一种文人画的精神，这也是为什么大家喜欢他现在的这种面貌。

第二个是感触，也是很多画家所共同感受到的。我经常说“从艺之道，执为有悟”，也就是非常执着勤奋地追求。但是光有勤奋还不够，还需要有悟性和天分，要有一定的绘画的天才，这是很多成功艺术家的特点。范扬出去写生，停下来就马上画画，画电视、报纸上报道的人和事，这个很了不得。第一，使你的整个心情、整个思考纳入时代的节奏，他画马航失联，他画马云，把马云的特点画出来了，意态是很难画出来的，而且深刻地表现是一种再创造。这种勤奋是很难得的，使我们知道不仅仅有一个对着电视机画速写的画家，而且时刻把握时代脉搏，以及在任何情境下都努力地提升自己的作品境界。

第三个是启发。你在前言上写了一句话，我是师范毕业的，所以什么都要画，这是一个艺术教育人的职责体现。中国教育很重要，应该充分肯定苏联的美术教育对中国绘画的发展是具有根本性的一个推动，没有它的引进，我们就很难出现重大的历史题材的历史画的表现，没有受过那种训练，你画不出靳尚谊的那种作品。别看都是学艺术的，不见得每个人都画的那么好，即便是油画系毕业，未见得油画就能画好。但是从另外一个角度来看，要从更广泛的教育方式、启发性的教育方式出发。所以，范扬师范毕业，什么都画，最后锻炼出来他什么都能画，而且什么都能画的很好，这是对艺术教育的一种启发。

赵力忠（中国国家画院研究员）：看范扬作品是出奇制胜，平淡天真、信手拈来、散形聚神。 我们通常有句话叫出奇制胜，有人便想尽法子出奇出怪，事实上绘画是非常讲究法度的。我注意了范扬的绘画基本上没有这些特点，从视觉上来说，他的画没有高山仰止的地方，基本上都可以平视，所以我把它称为绘画的“平民性”。何谓“平民性”，其意两点：一是平视构图；二是通俗易懂。他的绘画作品不是画什么名山大川，画的都是身边琐事，身边所闻，感觉上是没有过滤的，实际上是有选择的，但是选择的痕迹又不是那么明显。他的画没有一点点的设计性，却不散漫，没有娇揉造作，没有做假、作秀成份，开始以为是带有主题性创作，但是进来一看不是那么回事。

他的绘画有书写性，但不是完全的绘画的书写性，他的落笔或收笔，挥洒自如。他画山水、人物，我看到既无描也无皴，非描非皴，感觉非常洒脱。

这次画展的主题叫“物以神聚”。范扬的画打眼乍看很散淡的，也感觉非常张扬，而我更多地看到的是散淡，譬如说他画的松枝像打巴掌似的，技法表现上给人感觉非常乱。但整体精神性很强，不像别人的绘画，一开始都是考虑的是意在笔先，他的画最后的形成是一种完整的“聚神”。

刘龙庭（人民美术出版社编审）：今天的展览我看了以后很激动，我首先想到毛主席《沁园春·雪》中的诗词：“俱往矣、数风流人物，还看今朝。”徐悲鸿、李可染他们都是了不起的大师，这些人已经作古了，在新世纪里，也出现了大师。对于范扬，我跟他接触不是很多，但是我每接触一次，我都感觉他很可爱、幽默和平和。1978 年我到美院，李可染讲了八个字，第一是“天才”，第二是“勤奋”，第三是“修养”，第四是“寿命”。范扬还是很有天才的，他 30 来岁就在全国美展得了铜奖，他创作的《支前》这幅作品，，直到现在一闭眼都有印象。刚才说到勤奋、天才、修养，我觉得范扬也快到老年了，艺术的修养在他身上表现很突出，正因为有深厚的修养积淀，使他打通了古今中外。范扬画的罗汉图是兼工带写，着色是用朱砂重彩，非常协调。工笔、写意、诗书画印，他都是很下工夫。范扬的书法在作品里起到非常重要的作用，笔笔是笔、笔笔非笔，出神入化。范扬的山水画，我感觉是出神入化。我们看到很多画家笔墨臃肿，手底下缺乏功力。刚才说范扬活到60岁，说不定活到100岁。天才、勤奋、修养，天才不是老师教出来，你没有这个天分再努力成绩也不理想。在国外有人采访张大千，问为什么齐白石作品那么好呢？因为他什么都能画。我看范扬什么都能画，什么都敢画，小汽车、飞机等他都画，香港也画，莫斯科也画，这些在我们的国画里面可以说很少见过。所以，从范扬身上既看到了希望，也看到了我们中国画未来的前途。

王镛（中国艺术研究院研究员、《中华书画家》杂志总编辑）：范扬先生有一本写生集，书名为《写生范扬》。我今天讲的是性灵范扬。我认为范扬是属于性灵派的画家，性灵派本来是中国明清时期诗歌的派别，后来从诗学进入到画学，很多明清时代的画论，都是强调书画性灵。我觉得范扬的画基本上可以说是袁中道写的："大都独抒性灵，不拘格套，非从自己胸臆流出，不肯下笔。有时情与境会，顷刻千言，如水东注，令人夺魄，其间有佳处，亦有疵处。佳处自不必言，即疵处亦多本色独造语。"我觉得非常符合范扬的绘画风格，他的读书创作也是非常有特点。

他把自己的画分成三个阶段，"师古人"是他的仿古人物，"师造化"是他的写生山水，"师我心"是他在不断的创作当中。在他的仿古人物和写生山水当中，张扬自己的个性，施展自己的才情。赵孟頫标榜的古意，造型上不求形似，而他画的红衣罗汉，都是细笔的线条勾勒，而且比赵孟頫的红衣罗汉更显得古朴，同时还融进了清丽山水的特色，形成了既有古意，又不完全是赵孟頫的特色。我认为，范扬的山水，

范扬接受电视台记者采访

多半是属于写意式的写生，或者是个性化的写生，他自己说的，我为山川写照，实乃是我心写照。山水的构图是不太符合传统的的山水画的规范，他画的房屋、桥梁、树木、电线杆往往是倾斜的，也有正的，但是少。而且他的山峰、原野，笔墨更加纵容姿色，好像是涂鸦的感觉。这种奇特的感觉，未必是画家特意经营的，而是出于他无意识的本能的冲动，或者是直觉，也可能他就是感觉到山水就是这样的。范扬的山水就是在动态中感受它的活力，而且他的笔墨非常的率真。一般的写生的山水，如果笔墨功底达不到他的程度，你可以画得很规矩、很真实，但是没有他的笔墨的韵味，不是一个成功的中国画。我觉得范扬这一点非常的可贵，这也得益于他的书法。

这两年创作的“世事绘”系列，从题材到形式都非常的新鲜，我拿他跟朱新建进行了一个比较，因为他俩都算是江南才子。1993年我到朱新建家做客，当时朱新建画了一个小脚女人的美女，我说朱新建你的画笔墨韵味非常好，缺少一点现代感，后来他又画了一批画给我看，裸体的女人站在钢琴前面等等，我说你这还是没有现代感，我觉得他的题材相对来说还是比较狭隘，基本上是明清的文人画，缺少一个现代人的审美的情趣。范扬的作品的题材比朱新建更宽泛，而且手法更自如，造型更活泼，笔墨更率真，更加独树一帜，不拘格套，更加有现代感。范扬的人物是速写似的，包括他画的时事人物、新闻人物，特别能够抓住特定人物的个性和特点，包括球赛、拳击等等。所以，范扬这批作品，在审美观上也突破了旧人文的审美趣味，更符合当代大众化的审美观念，这是他的一个创新。我写了一首小诗赠给范扬：

笔墨率真写性灵，
翻新古意入今情，
速滑球赛探戈舞，
信手拈来尽可惊。

王鲁湘（著名文化学者）：大凡涉笔成趣的画家，都是才子型的画家，范扬就是。年青时画工笔人物，大场面，现实题材，一画就能全国获奖。后突然转向山水，从黄宾虹晚年某些极烂漫的笔墨中，悟出“率真之谓道”，于是得大解脱，发展出一套极恣肆、极纵情、极漫漶的笔墨，画山画水画树画草，但得其淹润华滋，而不辨其玄黄牝牡。又于此烂漫恣肆之笔墨山水间，以极细之高古游丝描，勾勒几间山亭瓦舍，几个仙佛人物，人物之五官表情、衣褶裙裾，无不工细入微，与环境之墨渖漫漶形成鲜明的语言对比。这种语言上的大对比，粗看似不和谐，细品之，妙处生焉。这两种笔墨，表象地看，是占据笔墨的两端，一是粗服乱头，不修边幅；一是精微谨细，华贵典雅。其实骨子里头是相通的，都是魏晋风度。范扬粗服乱头的笔墨有文人气，而无村野气、江湖气；范扬精微谨细的笔墨有贵族气，而无工匠气、市井气。他笔下两套笔墨嵌置在一幅画中，相得益彰，更显魏晋名士之简率通脱的风神气质。明清以降文人笔墨讲风骨，范扬笔墨远溯汉魏两晋六朝，讲风神。他行笔，笔笔飞动，挟风裹雨，如飘风中的雨丝，亦如集矢，

济州岛天地渊

32cm×32cm
纸本设色
2013年

凌空而下，有速度、力度，还有方向感，所以有势，而且顾盼有情。他用墨，干湿浓淡，相与生发映照，墨色之互破，相机生变，神化莫测。尤其用水之饱和，几达极限，以水驱墨，以水生津，以水生情。笔、墨、水在范扬画中的活性，把中国画，尤其是写意水墨画的材料所固有的“活力内涵”（美国20世纪美学家、符号学家苏珊·朗格的术语）发掘、发挥到一个很高的水准。人们喜爱范扬的画，除了题材、形象，其实很重要的一个方面，就是这种笔、墨、水所表现的材料“活力内涵”。这种“活力内涵”有它们的精神指向，那就是指向潇洒通脱、率性而为、自在自由的精神状态。这种精神状态在魏晋名士徜徉山水挥麈谈玄的生活中表现最为突出，一直为中国文人所向往，范扬用他的画，从题材和语言两个方面，为我们当下再现了这种久违的风神。如果没有范扬特有的笔墨，仅仅凭着画几个林下的仙佛罗汉，是不能让观众风神远出，如在魏晋的。范扬的画，在视觉上给人强烈印象的，首先是其颜色。他的画是写意画，而且是水墨写意画，但他的颜色却是重彩的。他用色之大胆和富有创意，是前无古人的。他的画看上去满壁丹青，绚丽至极，细数起来，也不过大红、石绿、花青、赭石、土黄几个颜色。这几个颜色他都以平涂法单独使用，成片成块的敷彩，不掺墨，务必达到每种颜色最高的明度和纯度。这种敷彩法是很古老的东方画法，干净、明快、鲜亮、艳丽。大红与石绿是明度和纯度最高的互补色，花青和赭石是略带点灰度的互补色，而土黄是一个对谁都适中的过渡色。这五个颜色放在一起，进行适当的空间安排，既古老，又当代，还最东方，这是范扬的色彩学创意。还有，范扬的写意水墨，加大了画中墨色的比重，这使得范扬的画又不同于中国的工笔画，也不同于寺观壁画，也不同于与其有渊源关系的波斯与印度细密画。民间画诀云："墨压五色"。多么跳的色彩关系，如果黑墨用得够，就能压住。范扬的画，墨是用得够的，他画中的黑就像一个司令，统一支配调节其他五色。观众看范扬的画，都有一个感觉，觉得他的画特别亮，甚至认为他用的纸比别人的白。其实这是一个视觉错觉，范扬用他的范氏色谱精心营造了这个视觉效果。前面说了，范扬基本上是用平涂法把五个基本色敷到画面上，努力控制它们不洇出用墨画出的轮廓线，使得他的画面中，有色有形的部分，同无色无形的部分截然分开，好像是电脑抠出的画，剪贴到了一张雪白的纸上。白的留空的地方，除了题几个字，没有任何渲染的痕迹，虚到极致，而有色有形的部分，基本上用色与墨填满，不留虚白，实到极致，这样强烈的虚实对应，空与色的对比，反而使得白在范扬画中成为最抢眼的"色"。他在人物衣饰上，也常常精心留白，既是色彩之间的间隔，也是服色之写实，还是视觉上的一个"高光"区。

除了这一路高古的山水罗汉外，范扬这些年还画了大量的写生，直接用毛笔宣纸在现场完成。同其他山水画家的写生不同的是，范扬写生的景物好像没有特别的挑拣，他是见什么画什么，触目所及，无非画境。象由心生，涉笔成趣。当他把风格化极强的范氏笔墨措置于对象之中，对象就仿佛变成了一个个范扬，山范扬，桥范扬，船范扬，塔范扬……，都像一个个范扬重新排列组合，登场亮相，长着他的形，说着他的话，扮着他的怪相，伸胳膊拽腿，活脱脱一幅范扬模样。这有点像梵高。无论他画什么，都会变成神经质的、燃烧的、激情的、孤独的梵高，而范扬无论他画什么都会变成谐谑的、散漫的、潇洒的、通达的范扬。当然，他会把对象画得很像，他受过很好的造型训练，有这种能力，但他高明的地方，是他有本事通过笔墨把自己化身到画面的形象中，让我们在他画的中外风景里，处处看到一个扮鬼脸的范扬冲我们坏笑。所以，看他这些貌似写实的写生风景，不管他画的是繁华的都市，还是穷困的山村，是海港，还是集市，我们都感到有一种轻松的力量让我们随意安置在世俗社会中有些紧张疲惫的心灵。

最近他画了许多"世事绘"，都是世界各地发生的新闻，他根据报纸杂志的图片，又用他的范氏笔墨重叙一遍。亦庄亦谐，有大事，也有小事。自从照相术面世，美术的记录功能就式微了。我认为范扬用意或不在记录，可以看作他的日课，每天早晨，一张报纸，一杯清茶，画案之上，随意翻阅，随意涂抹。重要的不是范扬画了什么，而是范扬每天这么在画，它们记录的不只是每天发生的"世事"，它们记录了中国画家范扬在21世纪的当下状态，一个可以无忧无虑隔岸观火看世界的悠闲的中国画家，用一支闲适的毛笔轻松地品味这个纷纭万象的世界，“手挥五弦，目送归鸿”。

李一（中国美术家协会理论委员会副主任兼秘书长、《美术观察》主编）：写生见艺术家真本领真性情，当代中国画坛真正放笔写出生气，写出神韵，写出新鲜快感，写得痛快淋漓，情驰神纵，前有黄胄，今有范扬也。黄胄写生主要画人物，造型多用复线；范扬的写生是人物、山水、花鸟全方位的，用笔更为肯定，更为松脱，更为清朗。我最喜欢范扬的山水对景写生，他走进有名或无名的山川，人在山川中画山川，接山川之地气，画心中之畅想，以一管之笔染翰，随手勾勒，笔笔生发，一气呵成，山川之灵气跃然纸上。可谓有景、有笔、有墨、有情，更可贵的是有生气、有节奏、有韵律、有时代感，有前人所没有的鲜活和生动。如果说写生是中国画的传统，古已有之，那么，范扬真正发扬光大了这个传统并有自己独特的创造。（书面发言）

郑工（中国艺术研究院美研所副所长、博士生导师）：我说写生范扬、自在范扬、直觉范扬、张扬范扬、执着范扬，这些都可以归到一个笔墨的范畴来谈论。看他的画的形态，无论大小，用色都很朴实。他的画面是靠笔墨来支撑，那些看上去很随意的笔墨，却有一种品质，而这种品质很可贵，让我们有时间停留下来不断地去品味这些品质。我们看到这些山水画，是从笔墨内中透露出来的品质，朴质无华，构成作品一个重要的支撑点，一种率真，一种性灵。

范扬的笔墨为什么能够包容世间万象，是一种笔法，它具有一种时代特征，是不是可以用一种笔法来应对所有的物象呢?树是阔叶或者针叶，人们的衣服是西装还是汗衫，都可以融入他的笔下进行自由的发挥。从表达的方式或者从别的角度上来看，我就在想这个问题。你看过去他的风格很明显，他的手法也很明显，就是即描也是皴，他把中间的这个环节给去掉了，这种去掉或者解构的一种方式是能够回到点化的基本上来，点化是很单纯的，但是这种点化在结构上能够进行自由的变化，而结构又是多变的。从这点上去看范扬的画，我们可以认为，范扬的这种笔墨形式基本上就是一个是点化、一个是解构。我们回到1984年他获奖之前，这个问题就比较明显。他还是根据他的笔法，一个点化的方式通过解构来表达的。对他的笔墨如何看，从什么角度进行评定。我最初接触范扬的画的时候是2003年的时候举办了一个展览，当时的印象比较深刻。我们是从时间的维度和叙事的角度去看范扬的笔墨在当代画上的实现，还是从笔墨自身的一种叙事性的问题和传统对话的叙事方式区别于他从绘画的题材和主题上怎么表现。从绘画的层次当中展示他特有的，这是在当代的艺术中，是创作意图的一种转换。在这个形式的审美过程当中，带动的不是一种视觉性的问题，可以带动观赏者各自感受，也包括创作过程当中他的那种冲动、情绪、行为本身所包含的一种意义。现在，他又推出了“世事绘”，我觉得他又回到传统的叙事当中，这种题材和形式的叙事

范扬国画展现场

艺术家不愿意接受的。譬如说其中有几张范老师还临摹过浮世绘的作品，日本的浮世绘自身的发展过程中，形成了自身的语言和特征，我们为什么不能拿来借鉴？还有很多有意义的东西都成为他的借鉴，譬如说来自于赵孟頫的借鉴，还有那些简约的形式的表达，还是有来自其他文明的接受，这种视野是中国当代艺术家特别需要具备的。在现代文明的发展过程中，中国的文化要想发展，我们一方面要接受传统，还需要有一种更博大的视野。我很感兴趣范扬老师有非常宽阔的题材，包括足球、篮球以及美国的总统夫人访华的事件都成为了他作品表现的方式，这是一个艺术家对当代生活的关注。当下看了很多中国画的画展很多跟时代没有关系，而西方画家反而跟我们不一样，他们的面貌很丰富、很多样。范扬老师感受时代的这个特点，并根据对象的特征充分表现出来，是非常值得我们学习的。

赵权利（中国艺术研究院研究员、《美术观察》副主编）： 范扬先生应该是当代中国画创作中最有代表性的一位画家，他的这种代表性体现在他作品的很多方面，包

结合起来，我想范扬在形式和内容方面强调了绘画的一种叙事性。在形式叙事本身问题上，我们如何重新去讨论，譬如说他关于用笔当中的快慢问题，笔墨的使用等等，我觉得有重新转换视角、分析视角的必要性。

张敢（清华大学美术学院副院长）： 当我写范扬老师时，用了一个词叫“狂纵”，当然，“狂纵”不是狂妄、轻狂，是一种气度，在字典里的解释就是超出一般意义上的强度这样的概念。范扬老师的作品有很多超出常规的地方，有一种跨越古今的意义在里面。当然，把“狂纵”这两个字组织在一起的时候，代表着一种非常强烈的、个性化语言的特点，这是我们从画展的画面上都可以直观感受到的。他的作品风格和题材的多样，灵感来源是也是多样的，既有来自对传统的沿袭的钻研，同时也有对外来文化的借鉴。这一点可能是很多中国

括笔墨、笔法以及其他的诸多方面。我觉得范扬先生最突出的成就还是写生，在当代中国画领域里写生是一个非常复杂的问题，为什么复杂呢？因为关于“写生”这个概念有很多种的阐释方式，中国古代对写生有自己的阐释，西方对写生也有自己的阐释，在西方艺术传入到中国以后，多种写生可能捆在一起，对我们理解写生造成很多的障碍。几十年以来，特别是新中国成立以后中国画家非常重视写生，他们经常去附近、或者走很远的地方，长期在外写生，画了很多的速写再进行创作。美术学院从学生的考学到入校以后的学习，也是在运用多种的写生方式。当然，美术学院教学中的写生主要还是西方忠实于对象的写生，这跟中国画的传统还是不一样的。

我感觉范扬先生的很多作品是在现场完成的。所以，他的作品有非常强的现场感，这是和其他的写生画家不同的地方。他把对景写生作为对西方绘画方式的一种理解，这种对景写生和中国山水画的创作结合起来了，而且结合的比较成功。他的这种写生方式，不同于我们现场画速写，是把中国画创作中所要求的一些准则和现场写生、现场的景物很好的结合在一起，创造出了一种新的创作方式，这也是“写生范扬”的真实的贡献。

我们看到画册后面“世事绘”部分，更多的是利用图片画出的作品，像我们平时的速写，不像创作，这是非常有意思的一个地方。经过丰富的生活、考察，然后回到画室里面重新去提炼。我想范扬先生今后一定在这方面有更进一步的发展。

王平（中国国家画院美术研究院研究员）：跟范扬老师是跨世纪的交情，第一是快乐范扬。他是一个很快活的人，他这种快活来自于他这种随和，也来自他的快意，来自于他的自信和大气。范扬老师跟各个方面的人的交流都非常的自由，这种自由的境界可能跟他内心的自信是相关的。他是热爱画画的人，真正做到笔不离手，我们一起出去，可以看到大家在聊天，他都在画画。第二是写生范扬。确实范扬老师给我们呈现出的面貌是他的写生，写生不但成为他习惯的方式，而且内容非常宽泛，山水、人物、城市建筑，都可以体现他的绘画才能，还有他对生活的关注度。他对生活的那种关注、热爱，才有了“写生范扬”。第三是白话范扬，从文言文方式转化为白话文方式，便有了新诗。范扬老师的作品，也是从绘画当中生发出来，是传统文人画的白话版，是一个新画种，他去掉了传统文人画的意境，也去掉了传统文人画强调的格调，他保留了传统文人画的情趣和画的生气，同时也保留了传统绘画笔墨的讲究。情绪非常关键，绘画和一些艺术的东西没有比人的情绪的自然的流露更重要。范扬老师的作品也是吸收了很多其他的东西，譬如说西画的东西、敦煌的东西，他把这些东西融会贯通在一起，形成了一种面目，这种面目可能跟传统的文人山水画不太一样，成为范扬老师新语言方式。

顾平（中国国家画院美术研究院研究员）：“东西兼学，天生画才。”也就是说范扬老师天生就具备绘画的才干。他考南京师范大学，当时这个学院具有中西绘画交流的美术教育完整的体系，非常难考，他不仅考取了，还是班里的班长，所以他是非常优秀的。

我们可以看到范扬老师有几张画有梵高的影子，还有古希腊的影子，同时也有中国古代的影子。赵孟頫的红衣罗汉是非常有传统的，所以他把传统的画学也继续往前发展。在色彩上面，他是非常有主张的。他一直在提出勾线平涂，把三维变成二维，平面造型。造型、色彩，去掉所有的色彩，中间是原色，这是他的绘画特点的一种突破，这是绘画色彩的一种表现、再现和传承。所以，范扬老师既有传统的一面，这就是东西兼学。范扬先生对文学的爱好都是时时刻刻的，有一本古代的诗词格律，他随身携带。他的学识非常的深厚，养成了博大浑厚的气息，大进大出，十分自如。

天生画才，他是天生的，走到哪儿画到哪儿，如果他不喜欢画画，就不会画的那么出神。

范扬（中国国家画院国画院副院长、南京书画院院长）：今天非常的高兴，占用了大家这么长的时间，但是我却是获益良多，很多先生讲得非常的精彩，这都是众人的智慧，而且还是德高望重的老师，我听了大家讲的，有了很多启发和思考的空间，我会认真地慢慢消化，来学习来体会各位老师和各位朋友对我的表扬和期待、期望吧！最后谢谢大家！

汪为胜（中国人民大学中国画名家工作室主持、教授）：今天这个研讨会开的十分成功，与会专家对范扬先生的作品进行了认真、细致、缜密的研究与探讨。范扬作为一个从传统走向今天的画家，他的画涉猎的范围很广，工笔、写意、山水、花鸟、人物等等，他的画有非常深厚的功底，作品不乏吴镇、王蒙的茂密深邃，还具有赵子昂、董其昌的沉稳雍容华贵，最可贵之处在于他古今中外融会贯通，形成了自己的独特的面貌。这些年来，范扬先生在大自然中体会造化之妙，探索真山真水的精神，他的画画的沉稳厚重，表现形式上又是那样的自由、洒脱，不仅有个性而且具有强烈的时代特征。所以说，作为借助传统的精神，作为笔墨表现的画家，范扬取得了骄人的成就。作为突出性、时代性、创作性的画家，我想在当代中国美术史上是无可代替的。

最后感谢今天各位专家和参加今天研讨会的各位嘉宾和新闻媒体的朋友们，非常感谢你们一直陪伴我们开了这么长时间的学术研讨会，对此代表这个展览的组委会和范扬本人，向大家表示衷心的感谢！

作品赏析

山水

嘉陵江明月峡

44.6cm×63.5cm
纸本设色
2013 年

让泉在山亭前流过

90cm×40cm
纸本设色
2003 年

好望角写生得稿

32cm×44.5cm
纸本设色
2012 年

凤凰城写生得稿

53cm×43.3cm
纸本设色
2007 年

婺源溪头写生

53cm×88cm
纸本设色
2011 年

查济村写生

50cm×100cm
纸本设色
2009年

又见炊烟升起

44.6cm×254cm
纸本设色
2013 年

查济红楼桥写生

82.5cm×62cm
纸本设色
2009 年

从西海大峡谷望飞来石

97cm×55cm
纸本设色
2014 年

古镇溪堤路

44.7cm×63.5cm
纸本设色
2013 年

黄山新月

45cm×64cm
纸本设色
2010 年

云阳张飞庙

44.6cm×159.5cm
纸本设色
2013 年

江上風清

伏羲卦台山远眺

39cm×59.5cm
纸本设色
2009 年

呈坎村口永兴湖

55cm×72cm
纸本设色
2014 年

松荫听泉

200cm×50cm
纸本设色
2006 年

婺源理坑

48cm×115.5cm
纸本设色
2011 年

唐模郘双孔桥

75cm×43.8cm
纸本设色
2008 年

怀化侗文化村

43.3cm×53cm
纸本设色
2007 年

秋思浩荡

43cm×112cm
纸本设色
2015年

幽谷云深

48.8cm×34.9cm
纸本设色
2016 年

深山古寺

48.8cm×34.9cm
纸本设色
2016 年

从沱江南岸望烟雨凤凰城

49.5cm×207.5cm
纸本设色
2007 年

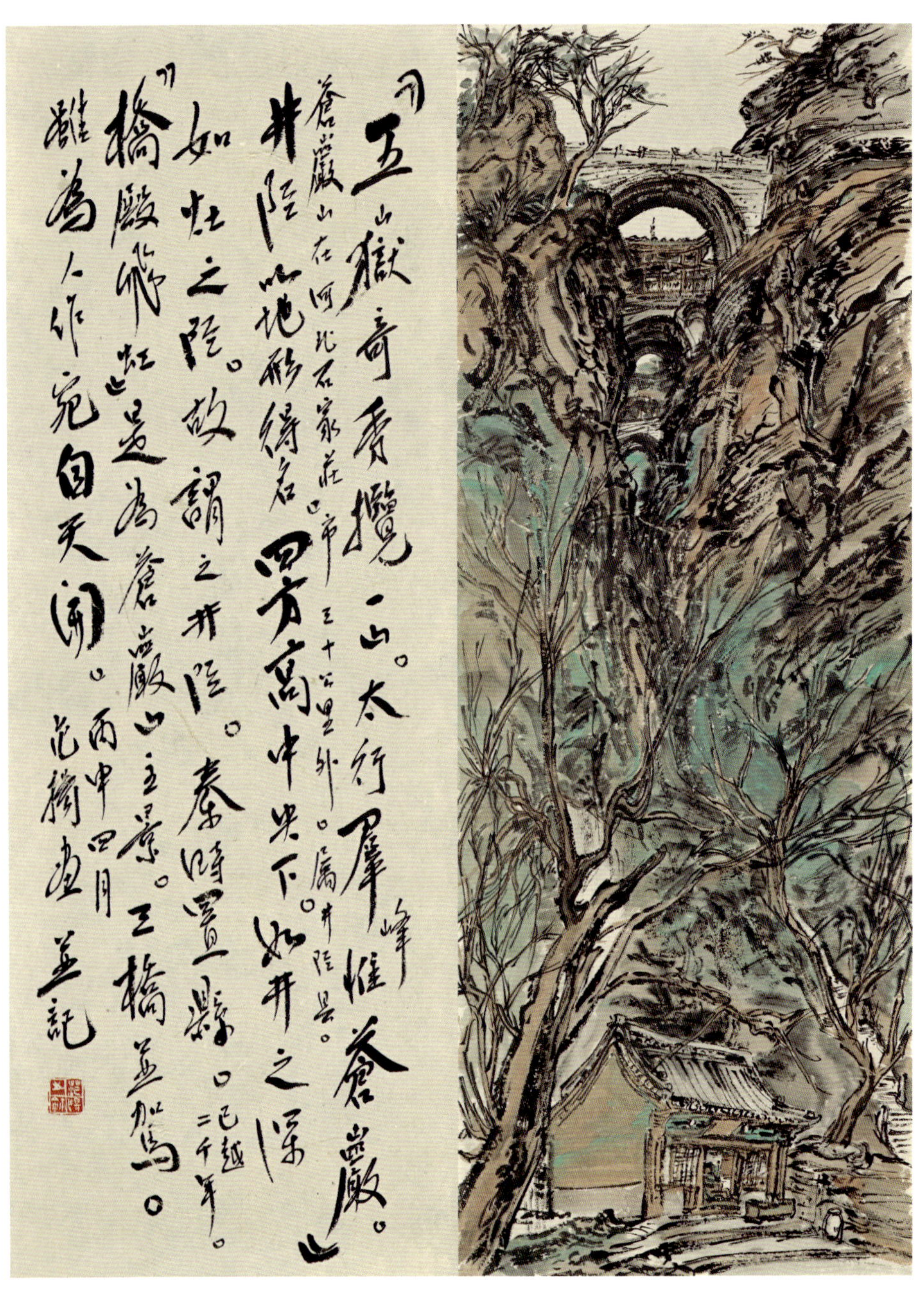

井陉苍岩山

67cm×49.5cm
纸本设色
2016 年

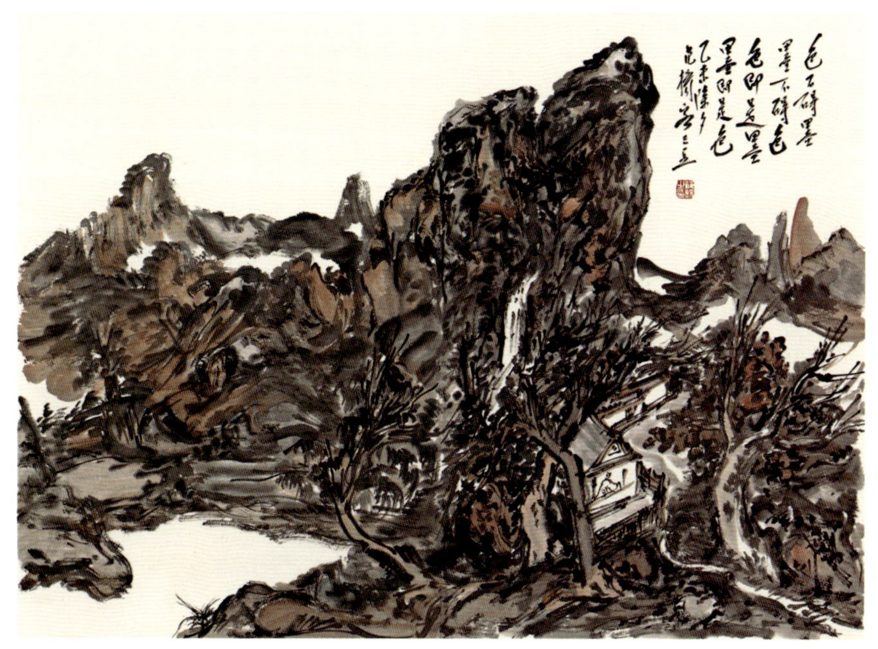

秋山书屋

48.8cm×69.8cm
纸本设色
2015 年

都江堰

43cm×53cm
纸本设色
2006 年

井陉县南障城镇大梁江邨村口唐槐 1300 年

24.5cm × 107.5cm
纸本设色
2016 年

气厚神闲

34cm×34cm
纸本设色
2015 年

麓台画法

34cm×34cm
纸本设色
2015 年

溪山行旅

137.5cm×62cm
纸本设色
2015 年

山中何所有

34cm×34cm
纸本设色
2015 年

龚柴丈意

34cm×34cm
纸本设色
2015 年

听泉抚琴

64.5cm×38.5cm
纸本设色
2015 年

笔意在黄鹤梅花之间

75cm×29.5cm
纸本设色
2014 年

霜叶红于二月花

48.8cm × 34.9cm
纸本设色
2016 年

海螺沟二号营地温泉

53cm × 43cm
纸本设色
2006 年

秋山图

180cm×97cm
纸本设色
2006 年

长啸傲山林

180cm×97cm
纸本水墨
2006 年

听泉书屋

200cm×50cm
纸本水墨
2006 年

秋山高士

48.8cm×34.9cm
纸本设色
2016 年

听泉悟禅

180cm×97cm
纸本设色
2006 年

于家石头村东口清凉阁

41.8cm×52.5cm
纸本设色
2016 年

仙人晒靴

73cm×48cm
纸本设色
2014 年

香港 香港

44.6cm×347.6cm
纸本设色
2013 年

井陉苍岩山写生得稿

33.2cm×58.7cm
纸本设色
2016 年

排云亭前看白云

55cm×97cm
纸本设色
2014 年

香港香港
從香格里拉
看維多利亞灣
燈花樹

梦笔生花处写生

57cm×55cm
纸本设色
2014 年

南岳大庙

55cm × 88.3cm
纸本设色
2016 年

人物

阳光下的葡萄架

260cm×482cm
纸本设色
2014年

农夫与耕牛

180cm×365cm
纸本设色
2000 年

农民工

180cm×260cm
纸本设色
2012 年

农民工（局部）

印度元素

200cm×580cm
纸本设色
2006 年

范扬画

敦煌壁画中的怪兽

21.3cm×26.3cm
纸本设色
2015年

戴风帽的西域邓至国使者

50cm×26.3cm
纸本设色
2015年

唐人狩猎出行图

35.9cm×50cm
纸本设色
2015 年

敦煌《化城喻品》之图形

39.5cm×53.2cm
纸本设色
2015 年

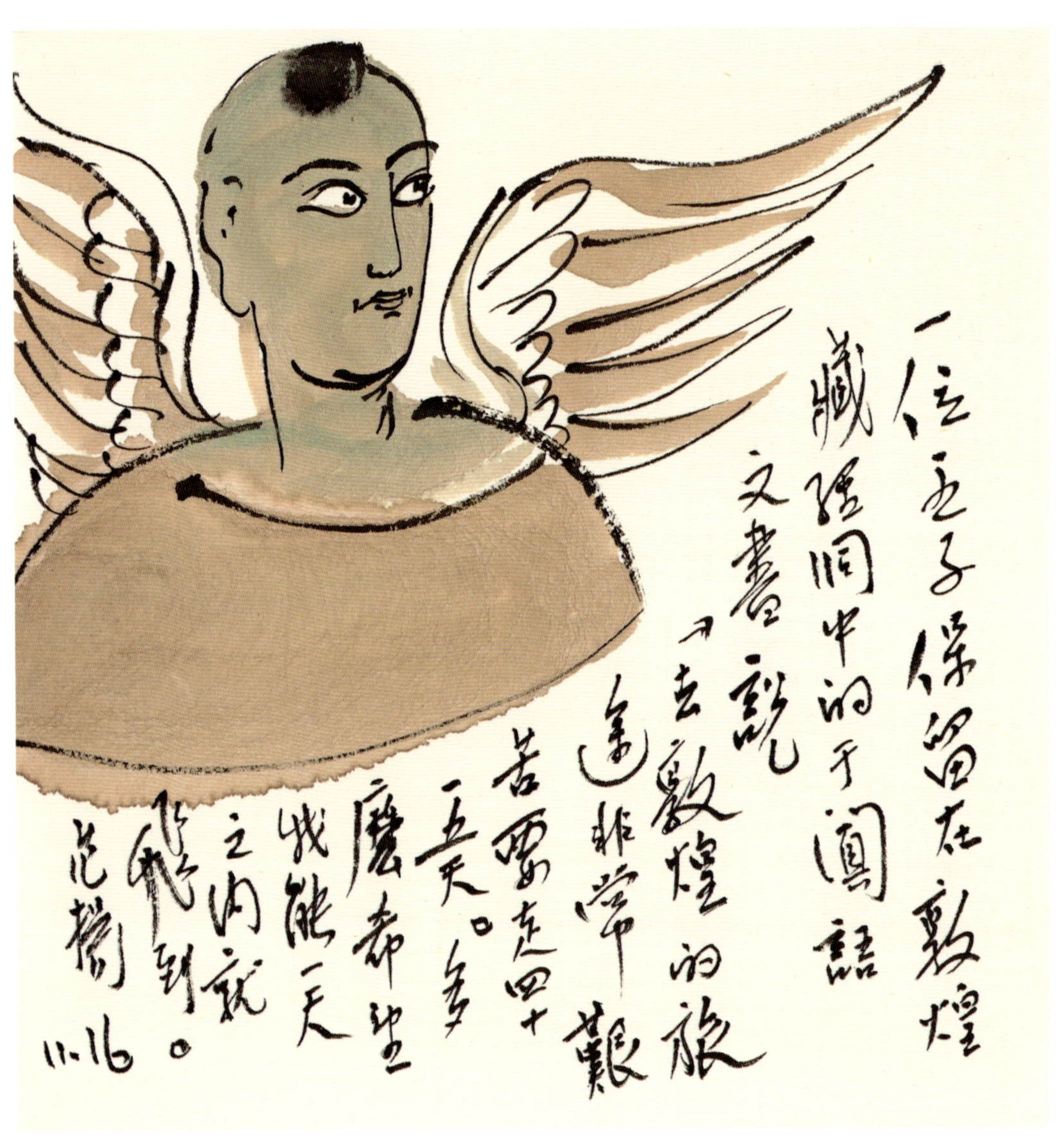

于阗王子的梦想

16.5cm×16.5cm
纸本设色
2015 年

明人玉蟾图

38.2cm×38.2cm
纸本设色
2015 年

抱孩子的维族妇女

44.5cm×43.6cm
纸本设色
2015年

巴扎集市所见

44.5cm×43.6cm
纸本设色
2015年

晒太阳

44.5cm × 43.6cm
纸本设色
2015 年

天山鞍马

44.5cm×43.6cm
纸本设色
2015年

幽谷禅悟图

33cm×93cm
纸本设色
2014 年

菩提禅悟图

67cm×135cm
纸本设色
2005 年

菩提禅悟

179cm×48cm
纸本设色
2007 年

柏鹿同春

48.8cm×69.8cm
纸本设色
2016年

观鹿图

48.8cm×69.8cm
纸本设色
2016 年

龙眠居士 枝隐头陀皆吾之师也

43cm×40.5cm
纸本设色
2015 年

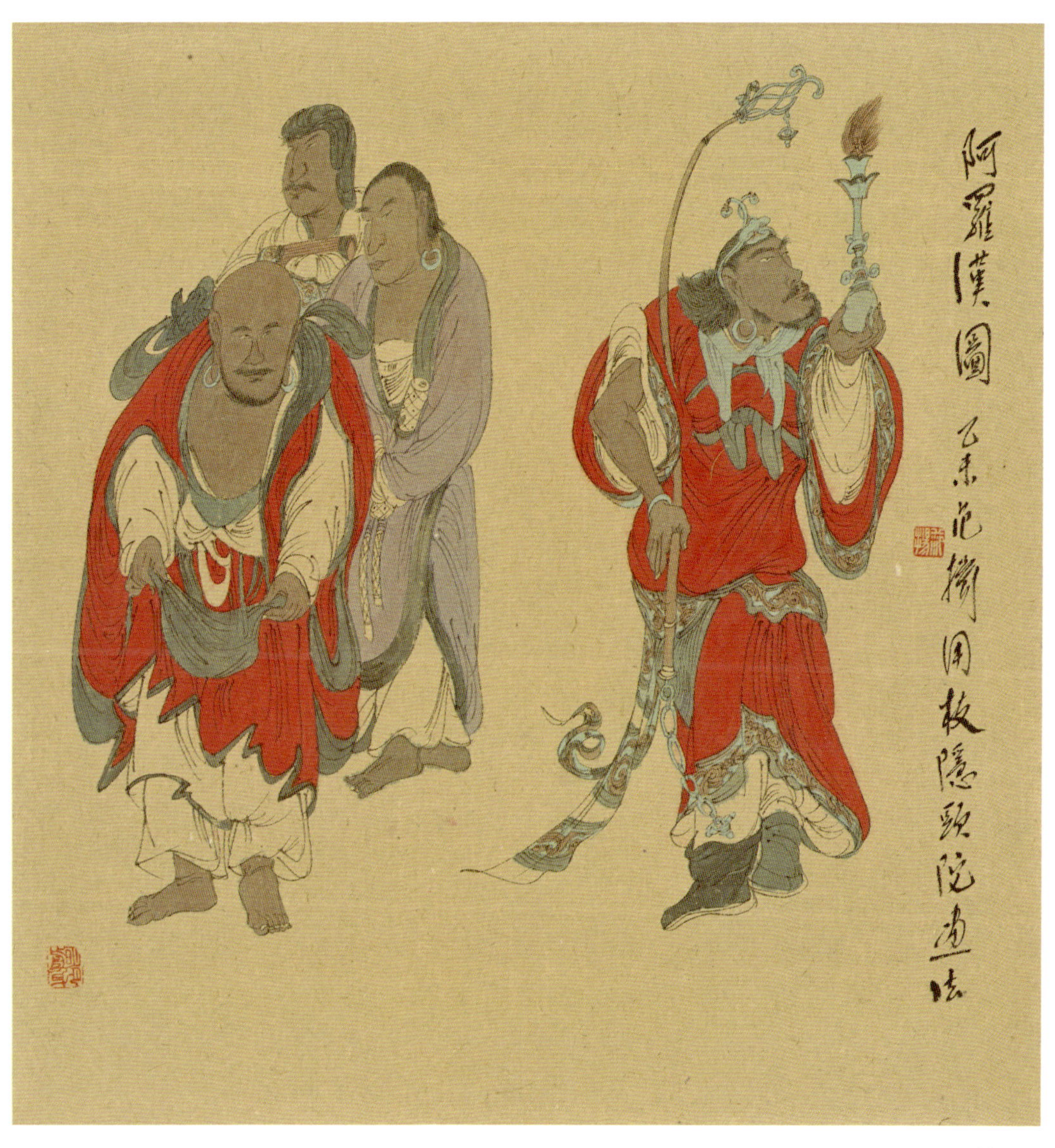

阿罗汉图

43cm×40.5cm
纸本设色
2015 年

慧能诗

120cm×92cm
纸本设色
2016年

幽谷禅悟

42cm×77cm
纸本设色
2015 年

以枝隐头陀法作罗汉图

48.8cm×69.8cm
纸本设色
2016 年

伏虎

34.2cm×43.2cm
纸本设色
2015年

山中静修

43cm×40.5cm
纸本设色
2015年

松荫罗汉

43cm×40.6cm
纸本设色
2015 年

枝隐头陀罗汉画法

43cm×59cm
纸本设色
2015 年

罗汉仙猿图

49cm×49cm
纸本设色
2015 年

阿罗汉图

43cm×40.5cm
纸本设色
2015 年

论道说禅

43cm×40.5cm
纸本设色
2015 年

深山悟禅

34cm×34cm
纸本设色
2015 年

菩提禅悟

34cm×34cm
纸本设色
2015 年

大肚和尚

66cm×33.6cm
纸本设色
2015年

跋陀罗

43cm×40.6cm
纸本设色
2015 年

云龙罗汉

43cm×40.5cm
纸本设色
2015 年

飞天之一

37.5cm×37.5cm
纸本设色
2013 年

飞天之三

37.5cm×37.5cm
纸本设色
2013年

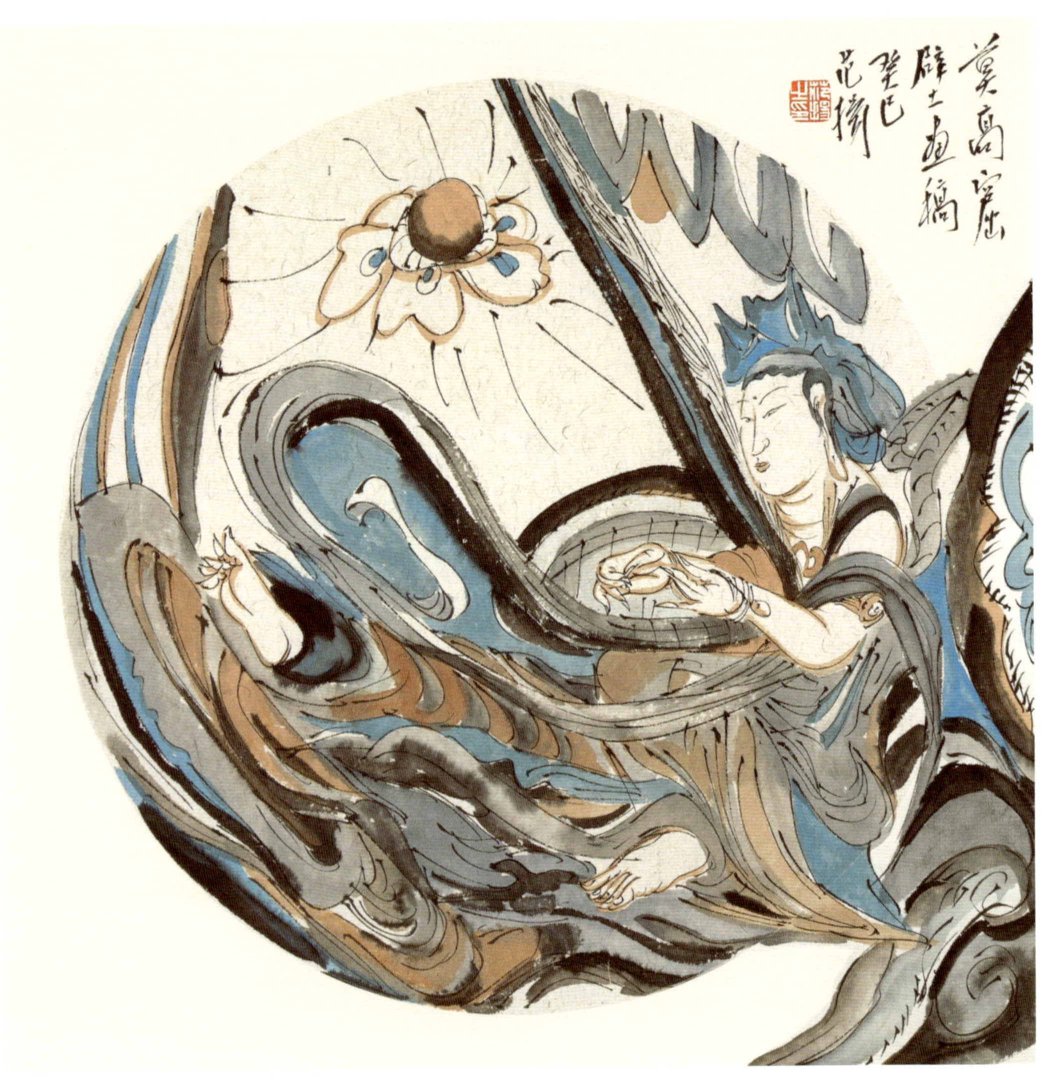

飞天之四

37.5cm×37.5cm
纸本设色
2013 年

飞天之五

37.5cm×37.5cm
纸本设色
2013 年

飞天之六

37.5cm×37.5cm
纸本设色
2013年

宗喀巴像

37.5cm×37.5cm
纸本设色
2013年

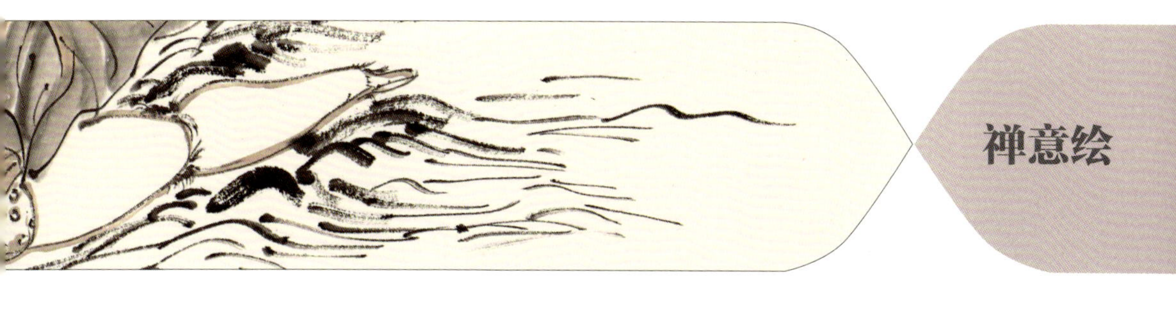

禅意绘

万境万机俱寝息

89.5cm × 38cm
纸本设色
2015 年

放出沩山水牯牛

69.5cm × 33.5cm
纸本设色
2014 年

返景入深林

69.5cm×33.5cm
纸本设色
2014 年

鉴真大和尚

69.5cm×33.5cm
纸本设色
2014 年

枯树云充叶

69.5cm×33.5cm
纸本设色
2015年

月落桥边寺

69.5cm×33.5cm
纸本设色
2015年

山前一片闲田地

89.5cm×38cm
纸本设色
2015 年

回首烟波里

89.5cm×38cm
纸本设色
2015年

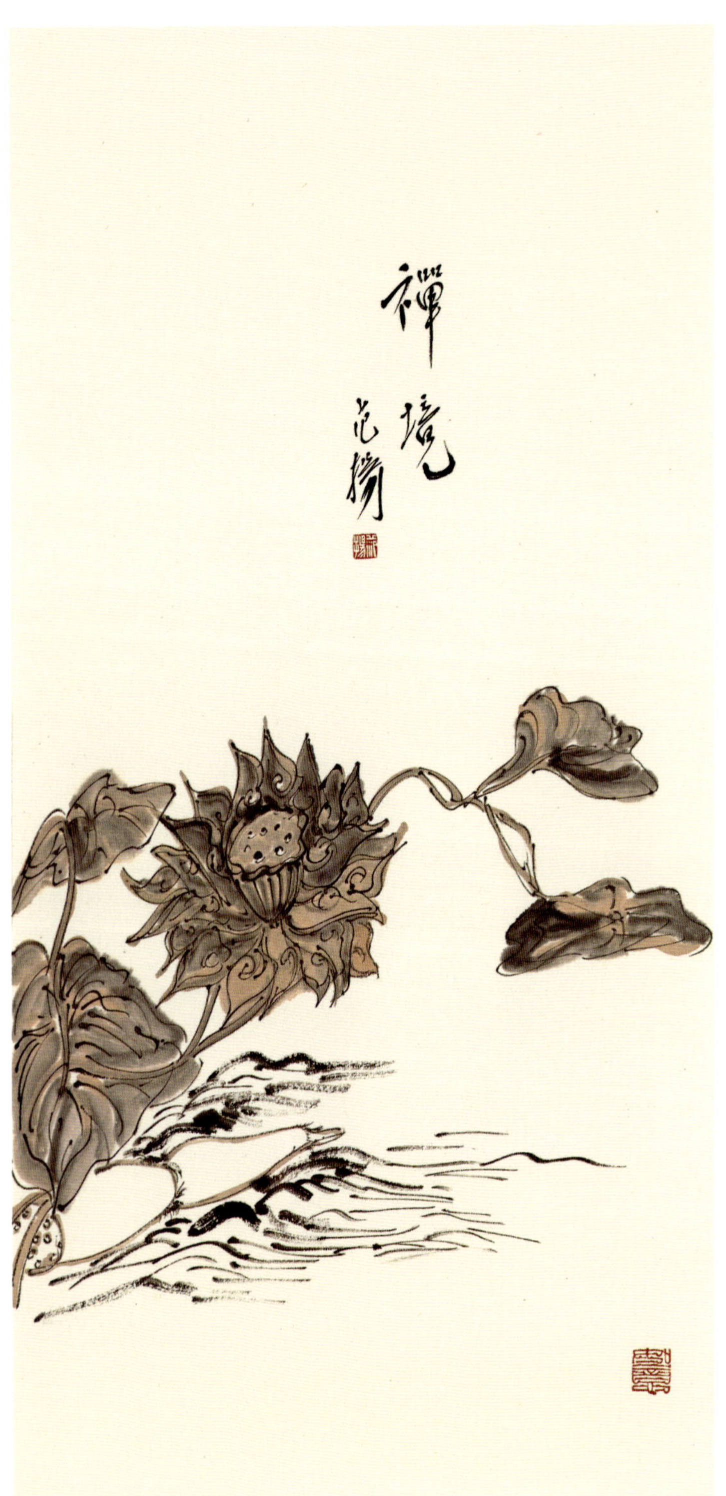

禅境

69.5cm×33.5cm
纸本设色
2014 年

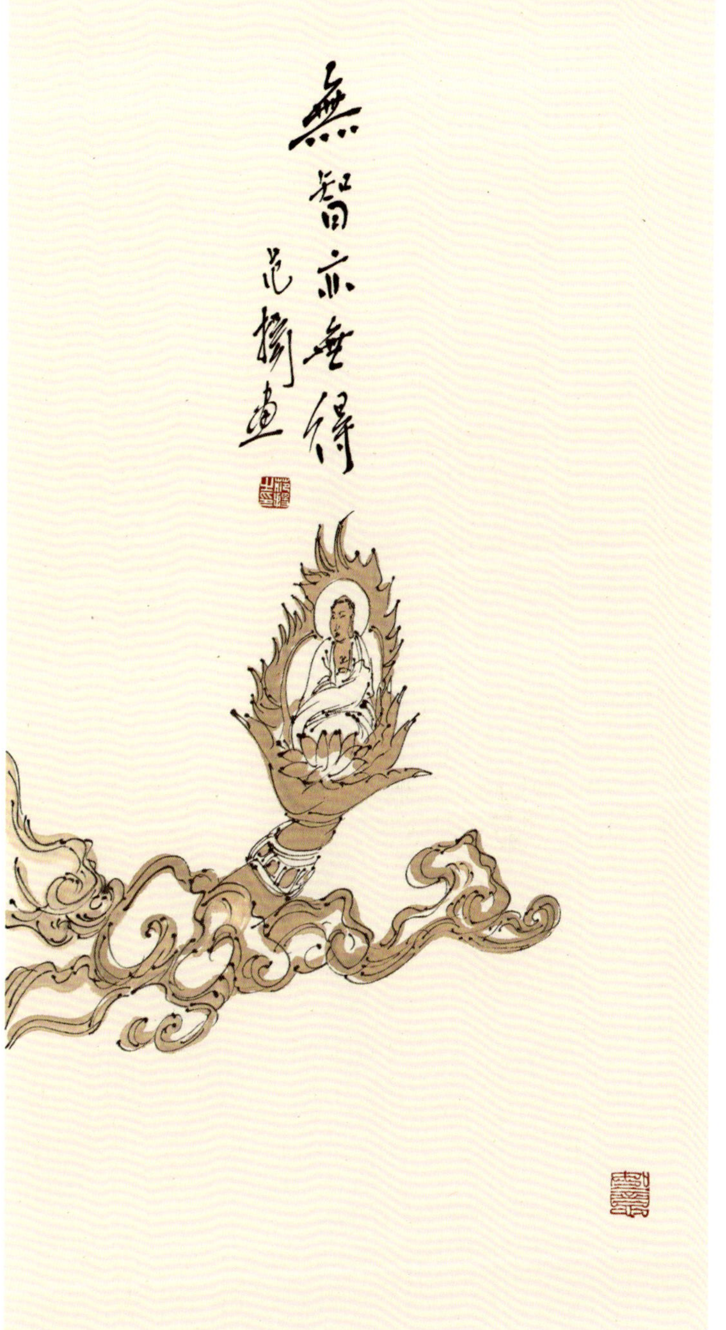

无智亦无得

69.5cm×33.5cm
纸本设色
2014 年

千峰顶上一间屋

69.5cm×33.5cm
纸本设色
2014 年

孤桐清音

69.5cm×33.5cm
纸本设色
2014 年

福田慈善得

89.5cm×38cm
纸本设色
2015 年

阆苑洞天

89.5cm×38cm
纸本设色
2015年

老龟岂羡
牺牲饱蟠木
宁争桃李春
白居易诗句
乙未范扬
五代黄筌
写生珍禽
图稿样
范扬画

老龟岂羡牺牲饱

89.5cm×38cm
纸本设色
2015 年

远观山有意

89.5cm×38cm
纸本设色
2015年

瞋是心中火

89.5cm×38cm
纸本设色
2015年

白牛常在白云中

89.5cm×38cm
纸本设色
2015年

尽日寻春不见春

89.5cm×38cm
纸本设色
2015年

湖上春光已破悭

89.5cm×38cm
纸本设色
2015 年

云山叠叠几千重

69.5cm×33.5cm
纸本设色
2014 年

一榻萧然傍翠阴

69.5cm×33.5cm
纸本设色
2014 年

花鸟

佳人半醉后

144cm×36cm
纸本设色
2013 年

花开四时香

144cm×36cm
纸本设色
2013 年

黄雀觅趣

36cm×72cm
纸本设色
2013 年

草虫兰蕙图

36cm×73cm
纸本设色
2013年

蝶恋花

36cm×73cm
纸本设色
2013 年

虞美人

36cm×73cm
纸本设色
2013年

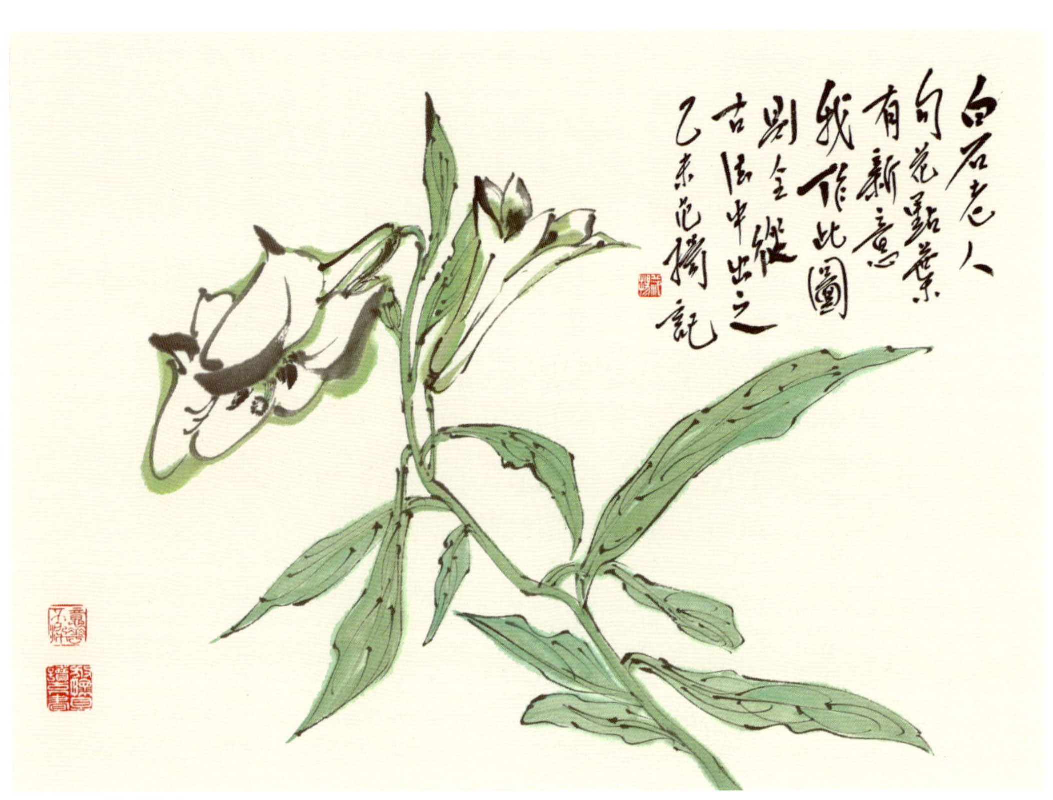

勾花点叶出古法

38cm×53cm
纸本设色
2015 年

灵芝蜻蜓

38cm×53cm
纸本设色
2015 年

幽香图

48.8cm×34.9cm
纸本设色
2016年

深红浅绛秋花开

49cm×50cm
纸本设色
2015 年

鸡冠花牵牛

53cm×38cm
纸本设色
2015 年

蝶恋花

40.5cm×31.4cm
纸本设色
2014 年

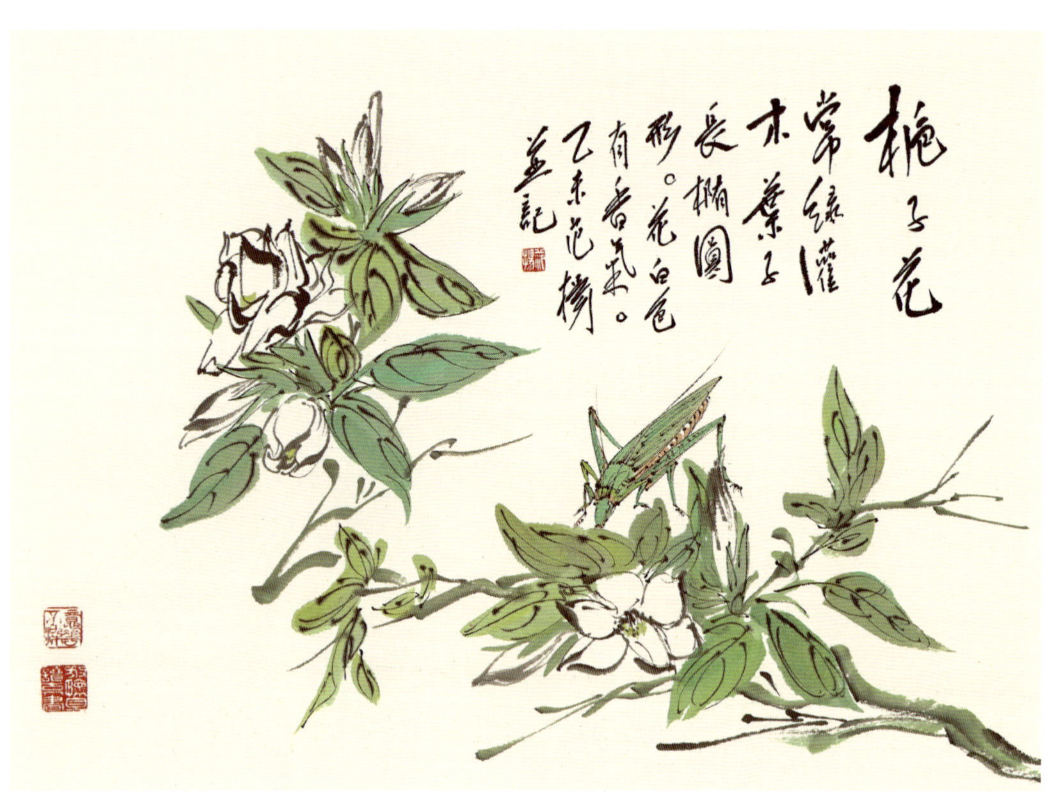

栀子花

38cm×53cm
纸本设色
2015 年

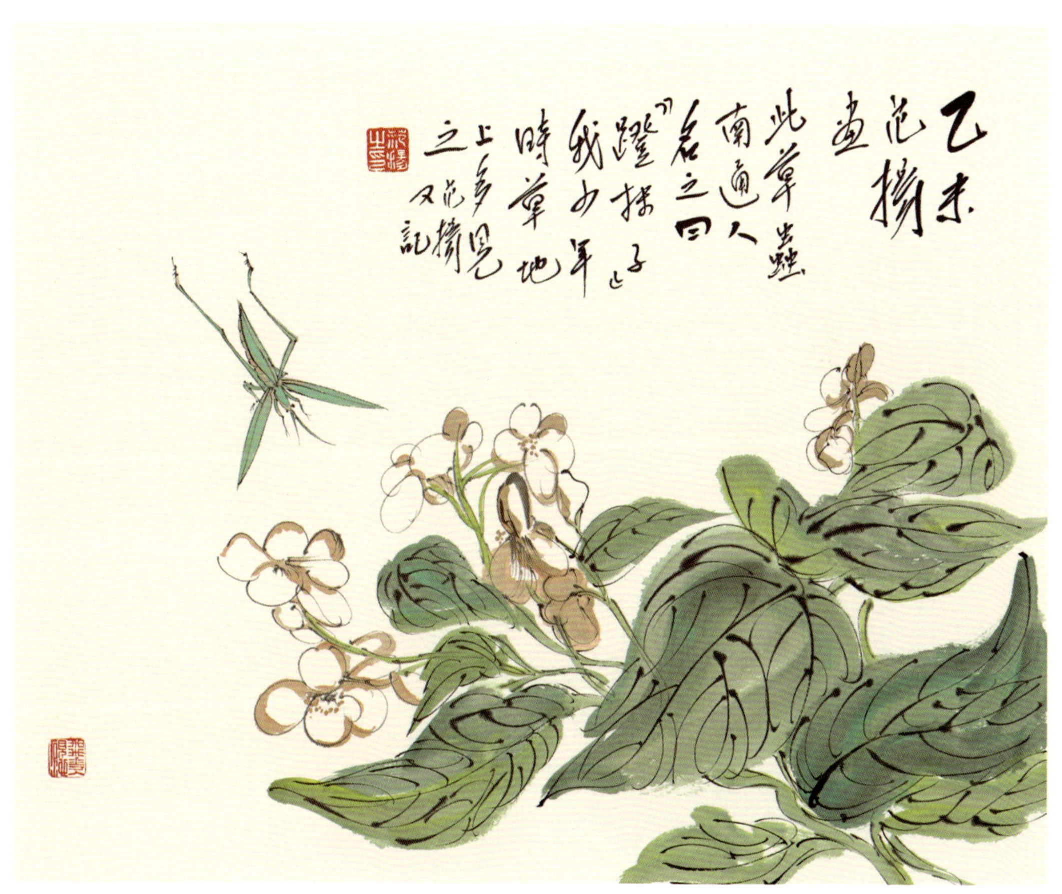

草虫图

38cm×53cm
纸本设色
2015年

白头双棲

53cm×38cm
纸本设色
2015 年

寻芳

50cm×49cm
纸本设色
2015 年

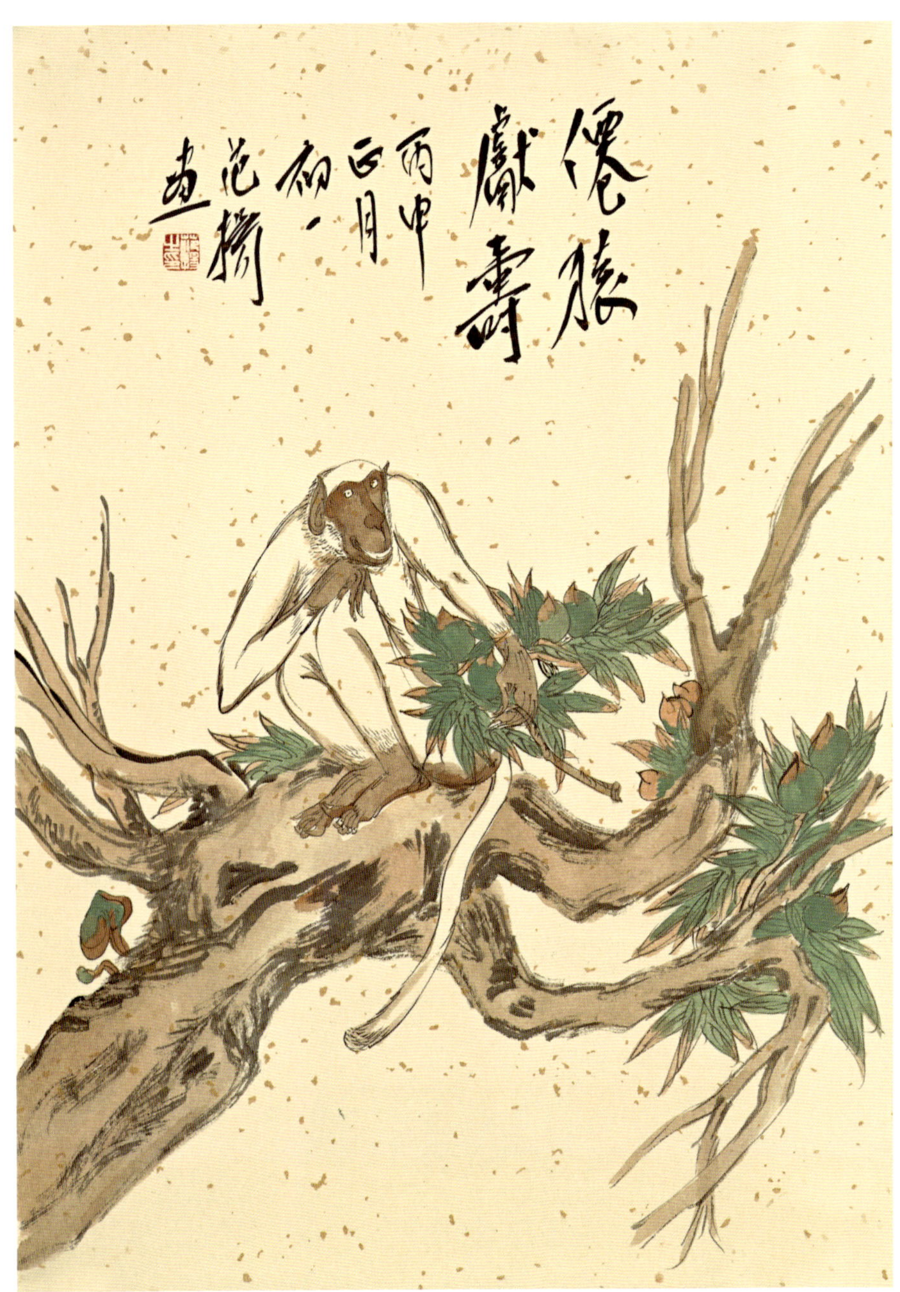

仙猿献寿

48.8cm×34.9cm
纸本设色
2016 年

居高声自远

48.8cm×69.8cm
纸本设色
2016 年

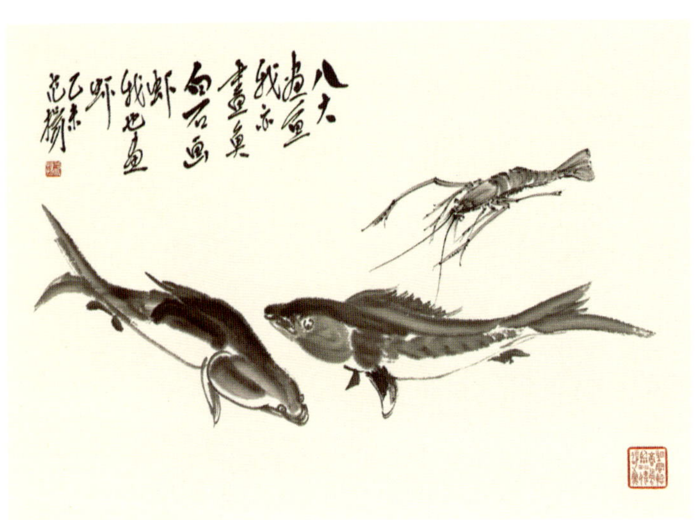

鱼虾图

38cm×53cm
纸本设色
2015 年

敦煌白描稿子妙音鸟

39.5cm×53cm
纸本水墨
2015 年

西晋青釉羊、唐卧羊、明青花羊纹样

20.6cm×112.5cm
纸本设色
2015年

西汉陶羊

21cm×75.5cm
纸本设色
2015年

红嘴绿鹦哥

39.5cm×53.2cm
纸本设色
2015年

霞光引得蝶飞来

37cm×58cm
纸本设色
2013年

蝶恋花

38cm×53cm
纸本设色
2015 年

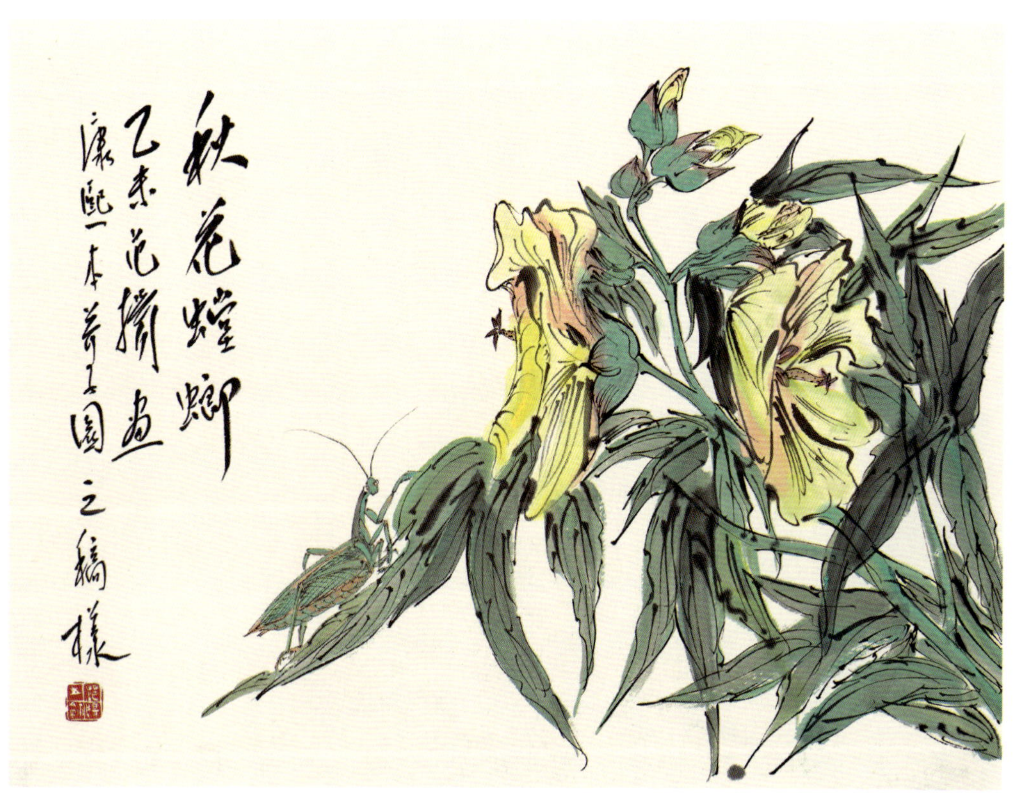

秋花螳螂

38cm×53cm
纸本设色
2015年

范扬画

世事绘

平安夜芭蕾舞

37cm×72cm
纸本设色
2014 年

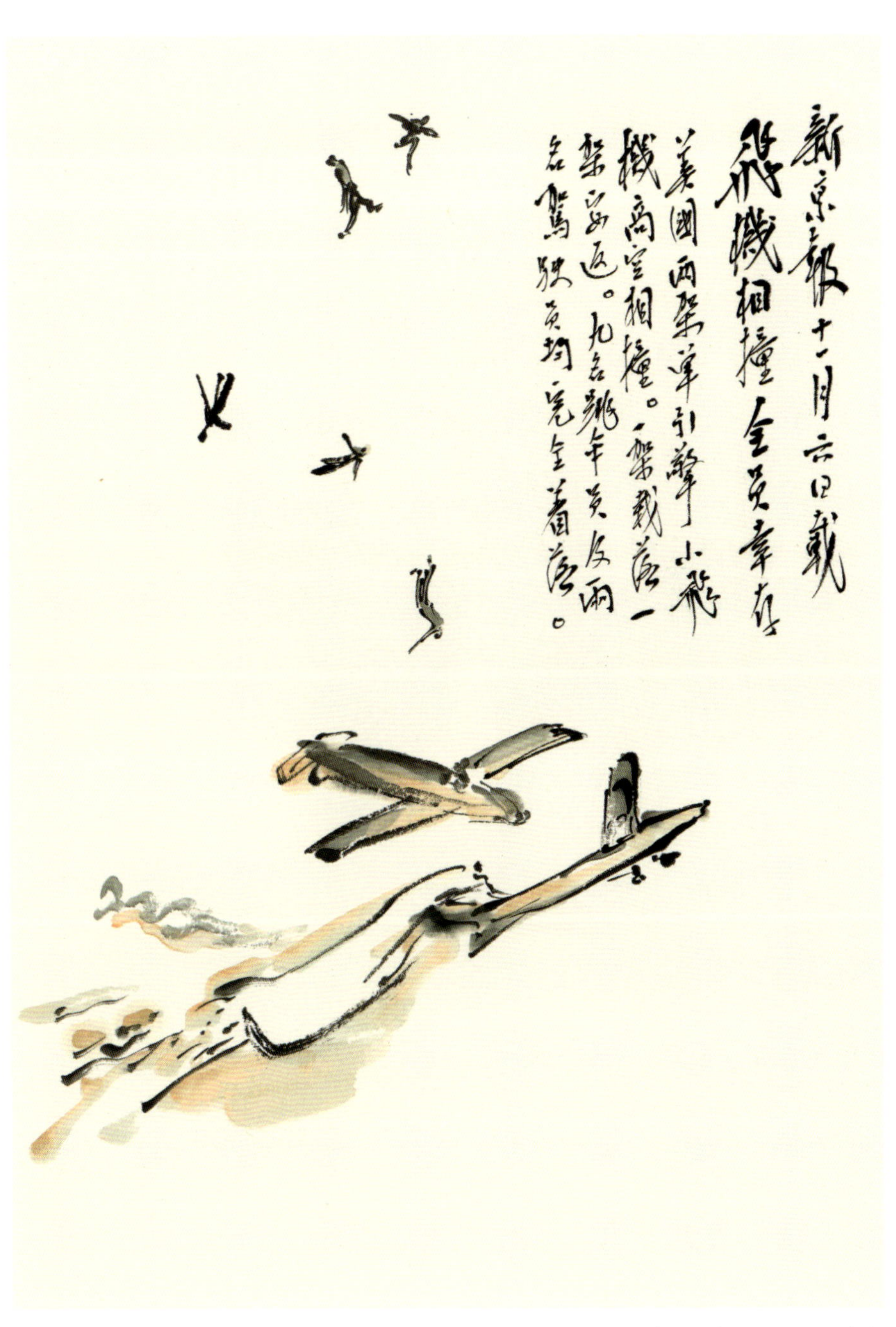

美国飞机相撞 全员幸存

49.5cm×34.5cm
纸本设色
2014 年

商贩与城管

49.5cm×34.5cm
纸本设色
2014 年

阿根廷的探戈

31.6cm×22.6cm
纸本设色
2014 年

阿根廷的探戈

红星美凯龙广告

34cm×22.3cm
纸本设色
2013 年

博尔特赛过公交车

44.6cm×31cm
纸本设色
2013年

老外撞大妈

44.6cm×31.6cm
纸本设色
2014 年

曼德拉竞选

31cm×44.6cm
纸本设色
2013年

韩剧影星朴信惠、金宇彬

26.8cm×24.8cm
纸本设色
2014 年

小提琴家盛中国与夫人联袂演出

34.6cm×49.6cm
纸本设色
2013年

恒大队员驮着孔卡

49.6cm×69.5cm
纸本设色
2014 年

打马球

43cm × 38cm
纸本设色
2014 年

邹市明在训练中

30cm×43cm
纸本设色
2014 年

嫦娥三号成功落月

22.6cm×20.2cm
纸本设色
2013 年

明星身着哈伦裤

49.5cm×34.5cm
纸本设色
2014 年

日本天皇接见美新任大使肯尼迪

44.6cm×31.4cm
纸本设色
2013年

直升机看海岸十二使徒岩群

30.8cm×36.7cm
纸本设色
2014 年

周洋霸气回归

73.7cm×35cm
纸本设色
2014 年

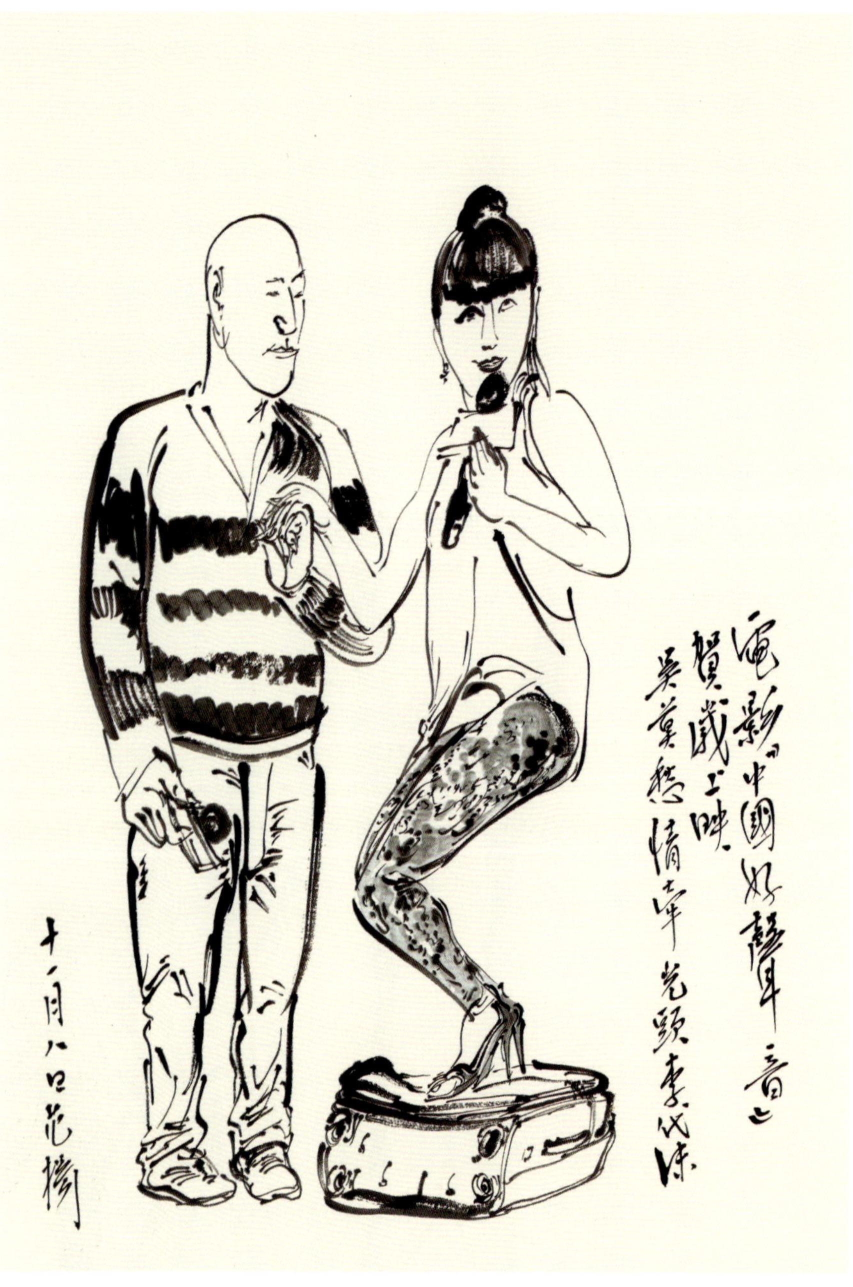

吴莫愁情牵李代沫

49.4cm×34.4cm
纸本水墨
2013 年

恒大夺冠

34.2cm×49.6cm
纸本水墨
2013 年

威尔金斯过人

40.5cm×31.5cm
纸本设色
2013 年

摩托车是农民的交通工具

30cm×43cm
纸本设色
2013 年

干涸的潘阳湖底

31.6cm×44.8cm
纸本设色
2013年

莫里斯篮下强攻

60.5cm×37cm
纸本设色
2013 年

吉尔吉斯斯坦

53.5cm×59cm
纸本设色
2017 年

巴米扬大佛

53.5cm×59cm
纸本设色
2017 年

阿富汗赛马

53.5cm×59cm
纸本设色
2017 年

塔吉克斯坦姑娘能歌善舞

53.5cm×59cm
纸本设色
2017 年

这就是蒙古人

53.5cm×59cm
纸本设色
2017 年

沙漠之舟

53.5cm × 59cm
纸本设色
2017 年

阿富汗农夫

53.5cm×59cm
纸本设色
2017 年

乌兹别克斯坦

53.5cm×59cm
纸本设色
2017 年

天山天池

53.5cm×59cm
纸本设色
2017 年

哈萨克斯坦 巴浦洛达尔

53.5cm×59cm
纸本设色
2017 年

土耳其

53.5cm×59cm
纸本设色
2017 年

敦煌

53.5cm×59cm
纸本设色
2017 年

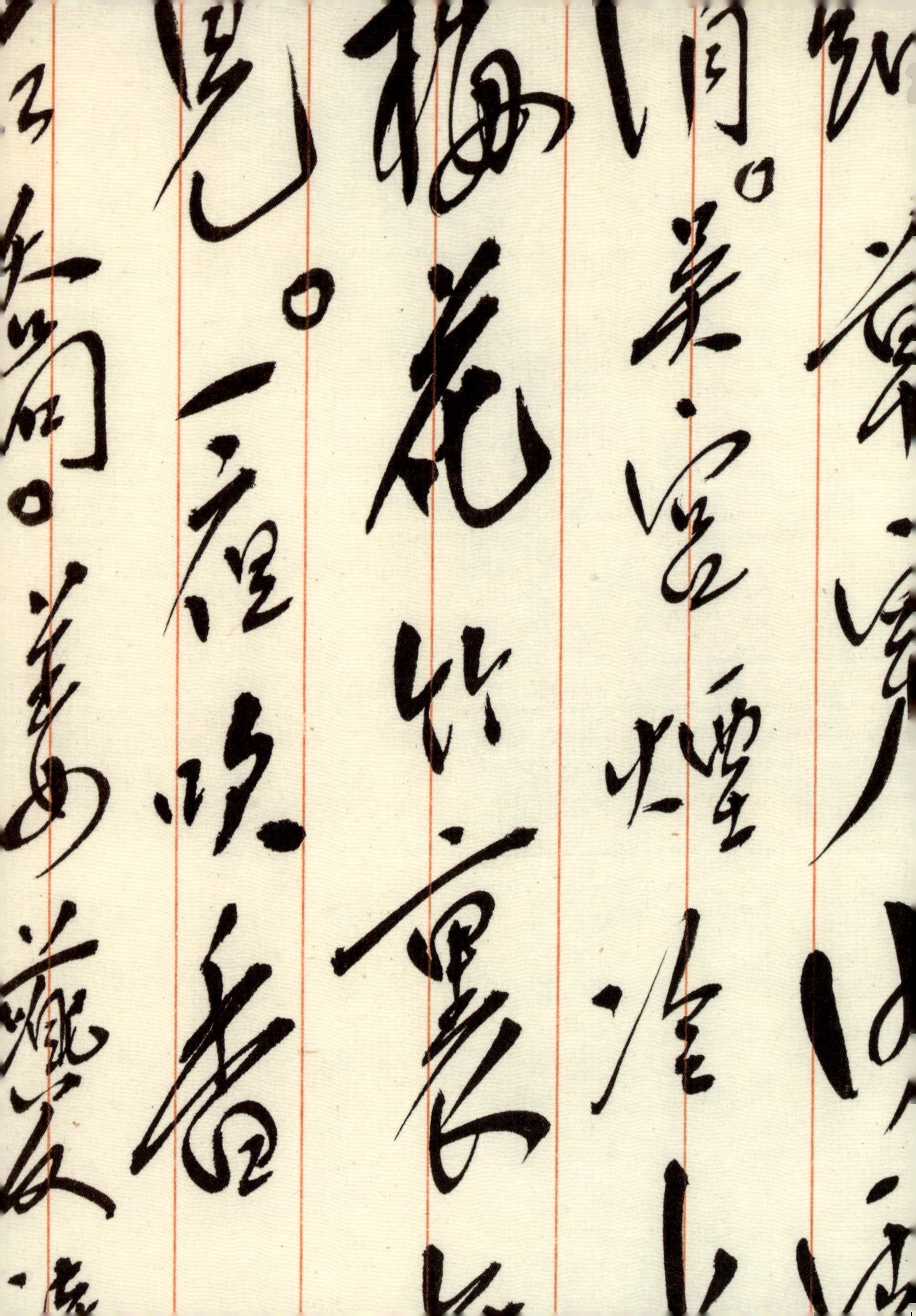

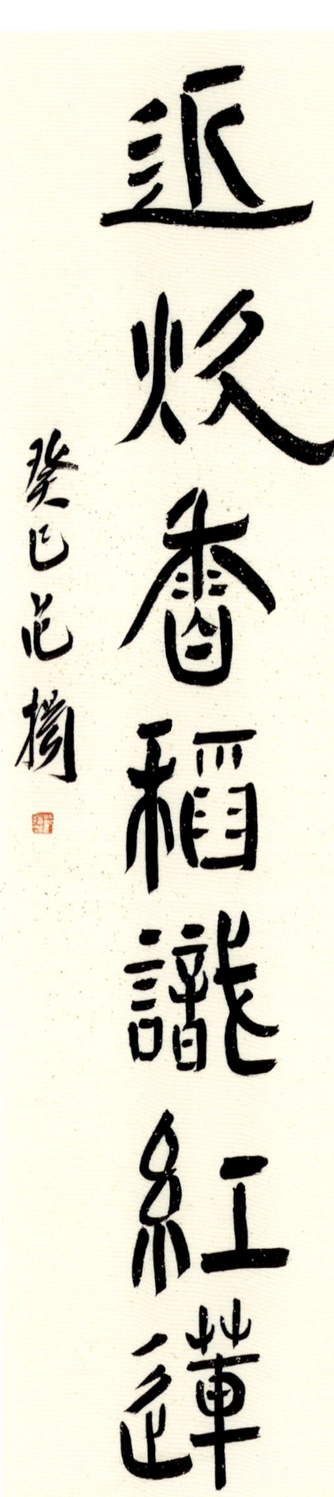

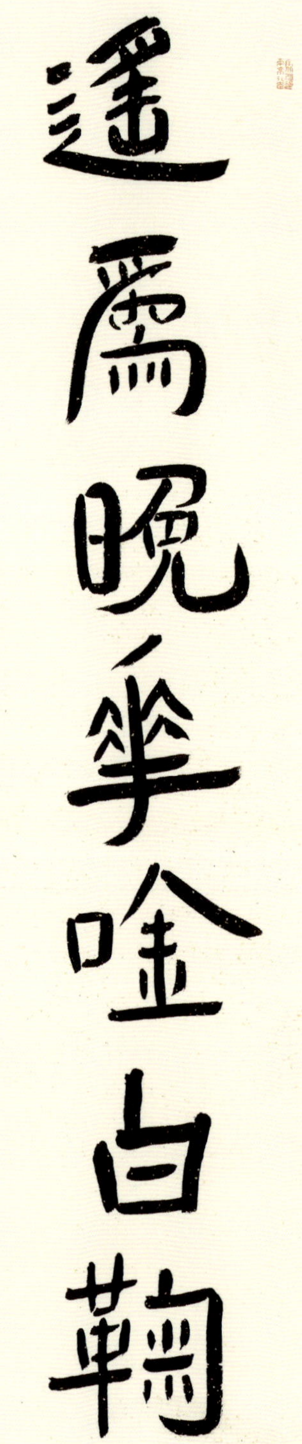

遥为近炊联

180cm×48cm×2
纸本
2013年

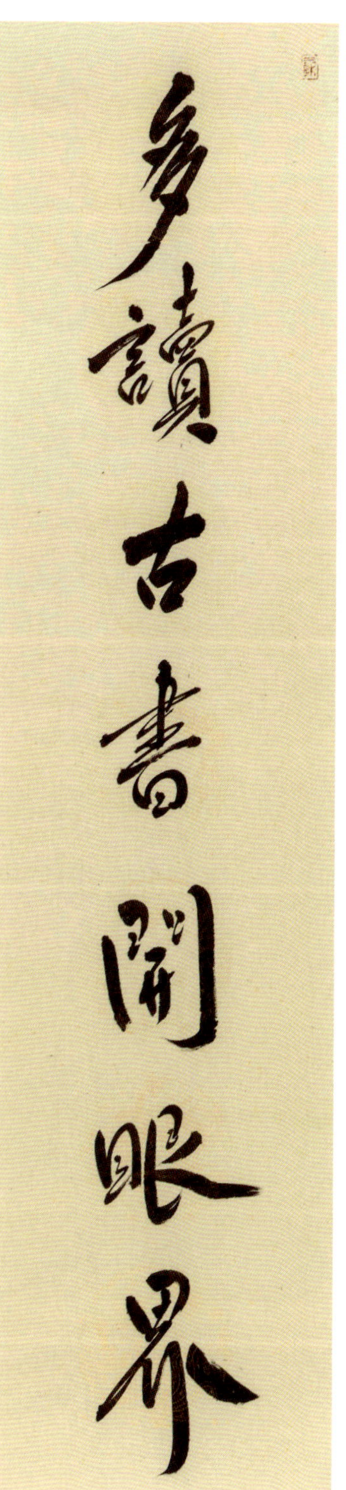

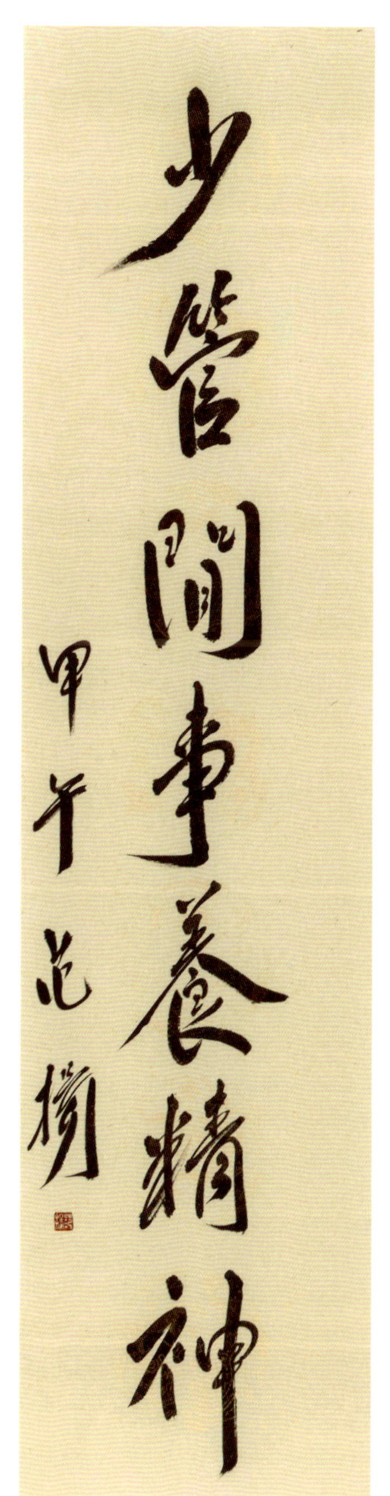

多读少管联

139cm×34.2cm×2
纸本
2014 年

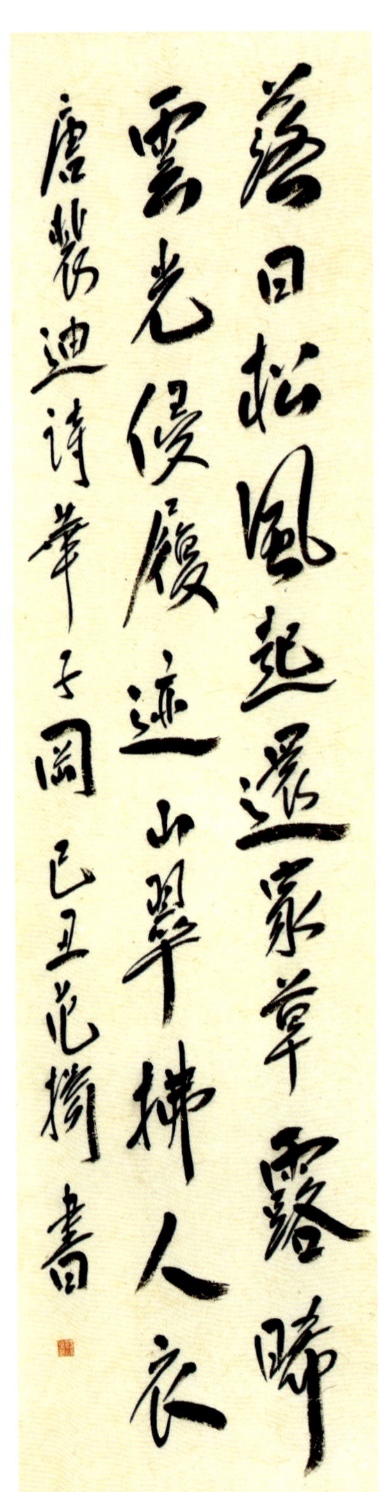

裴迪 华子岗诗

202cm×51cm
纸本
2009 年

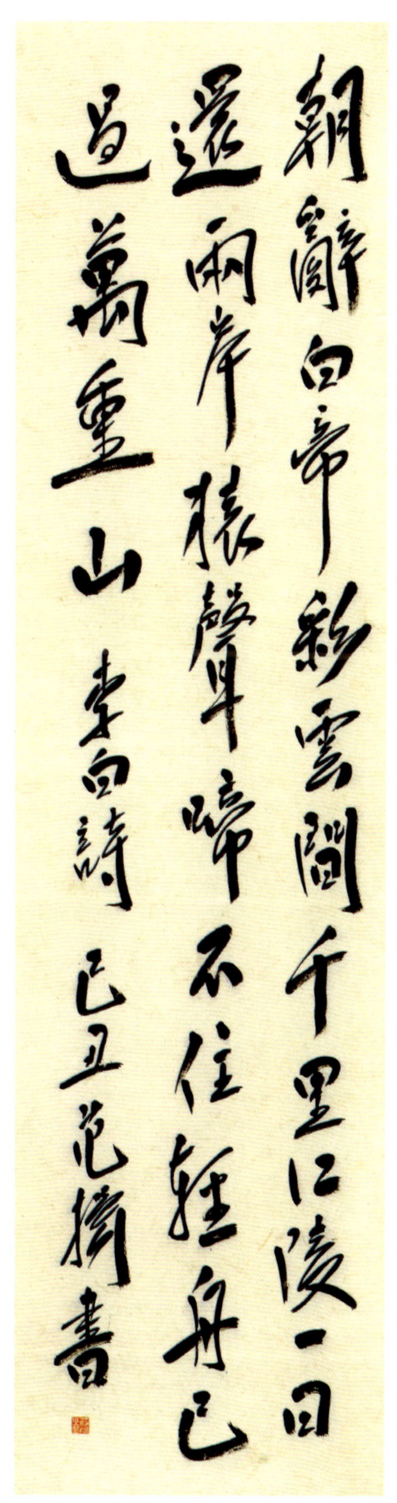

李白 早发白帝城

202cm×51cm
纸本
2009 年

铁肩妙手联

136cm×34cm
粉蜡笺
2010 年

负舟絜宇联

175.4cm×30.4cm×2
纸本
2014 年

無得以無所得故菩
提薩埵依般若波
羅蜜多故心無罣礙
無罣礙故無有恐怖
遠離顛倒夢想究
竟涅槃三世諸佛依
般若波羅蜜多故得
阿耨多羅三藐三菩
提故知般若波羅蜜

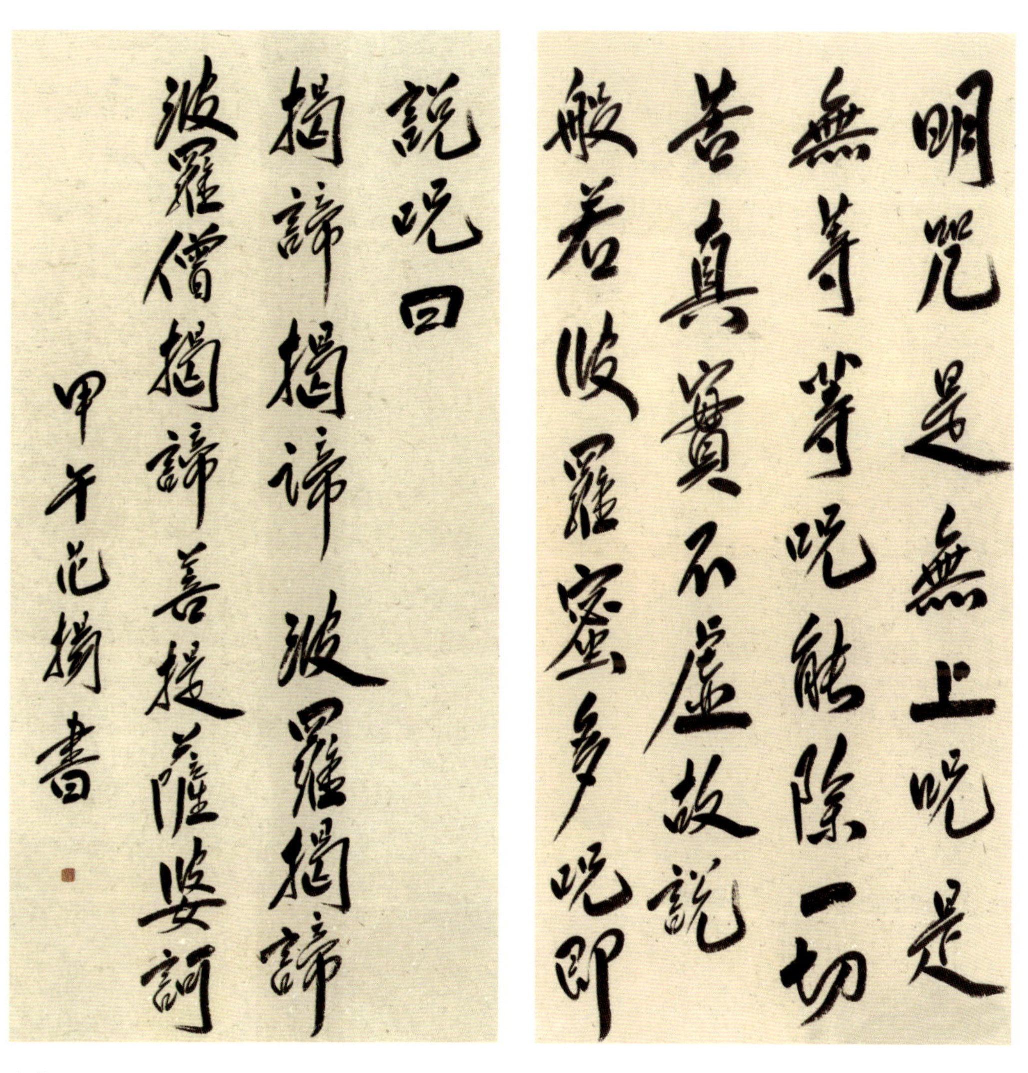

心经

201cm×882cm
纸本
2014 年

般若波羅蜜多
觀自在菩薩行
若波羅蜜多時
蘊皆空度一

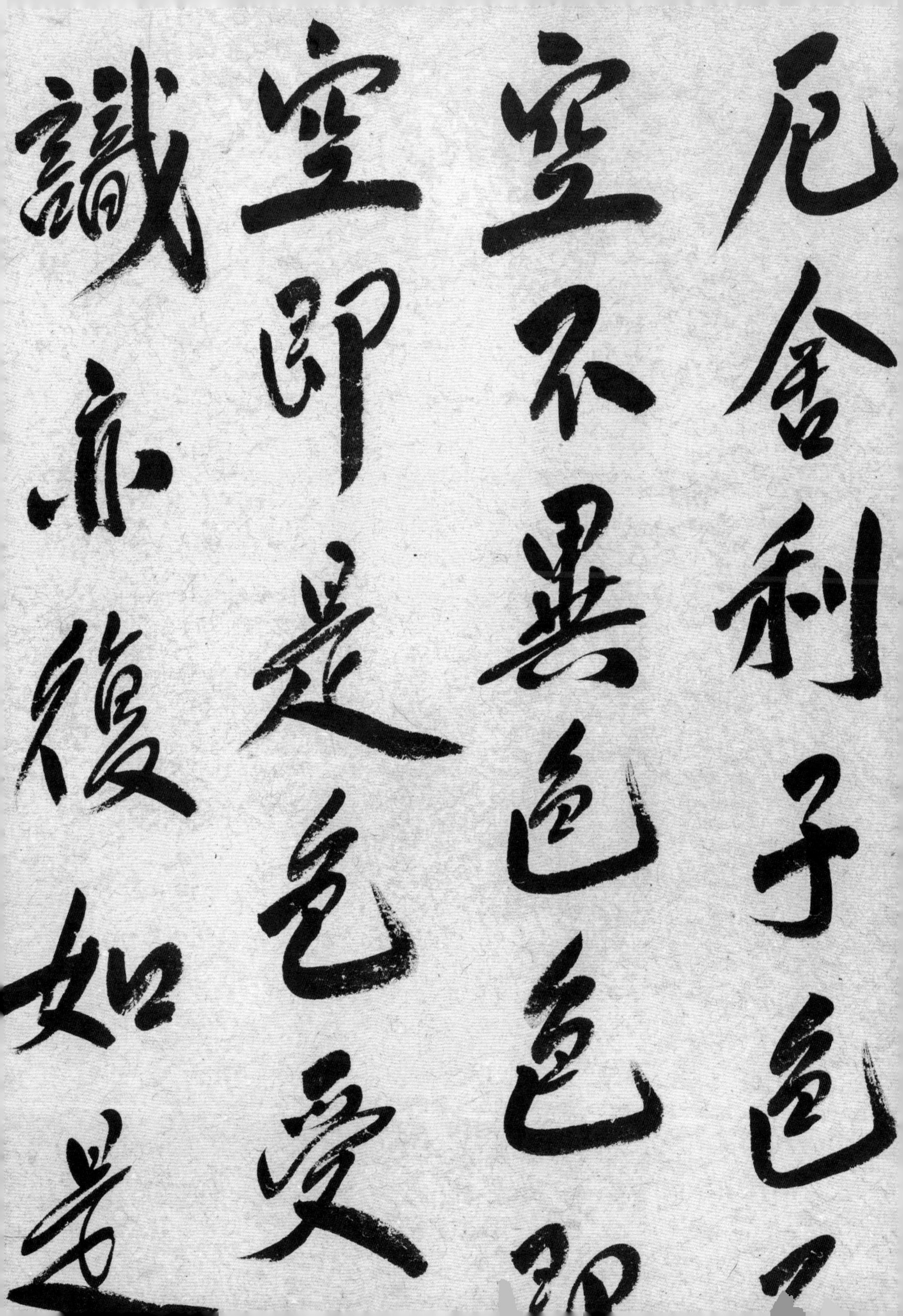
厄舍利子色
空不異色色
空即是色受
識亦復如是

般若波羅蜜多心經
觀自在菩薩行深般
若波羅蜜多時照見五
蘊皆空度一切苦
厄舍利子色不異空
空不異色色即是空
空即是色受想行
識亦復如是舍利

不滅不垢不淨不增
減是故空中無色
無受想行識無眼耳
鼻舌身意無色聲
香味觸法無眼界乃
至無意識界無無
明亦無無明盡乃至
無老死亦無老死盡
無苦集滅道無智亦

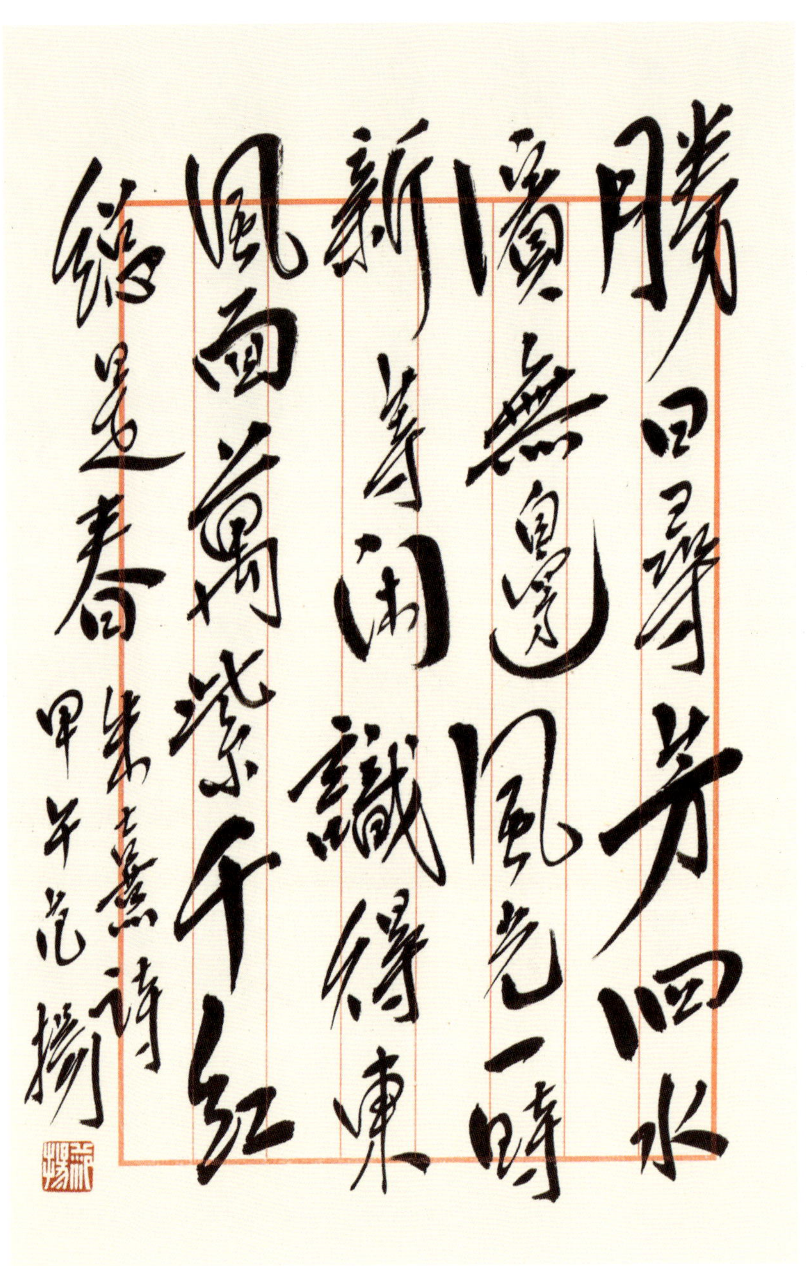

朱熹诗 春日

28.4cm×18.5cm
纸本
2014年

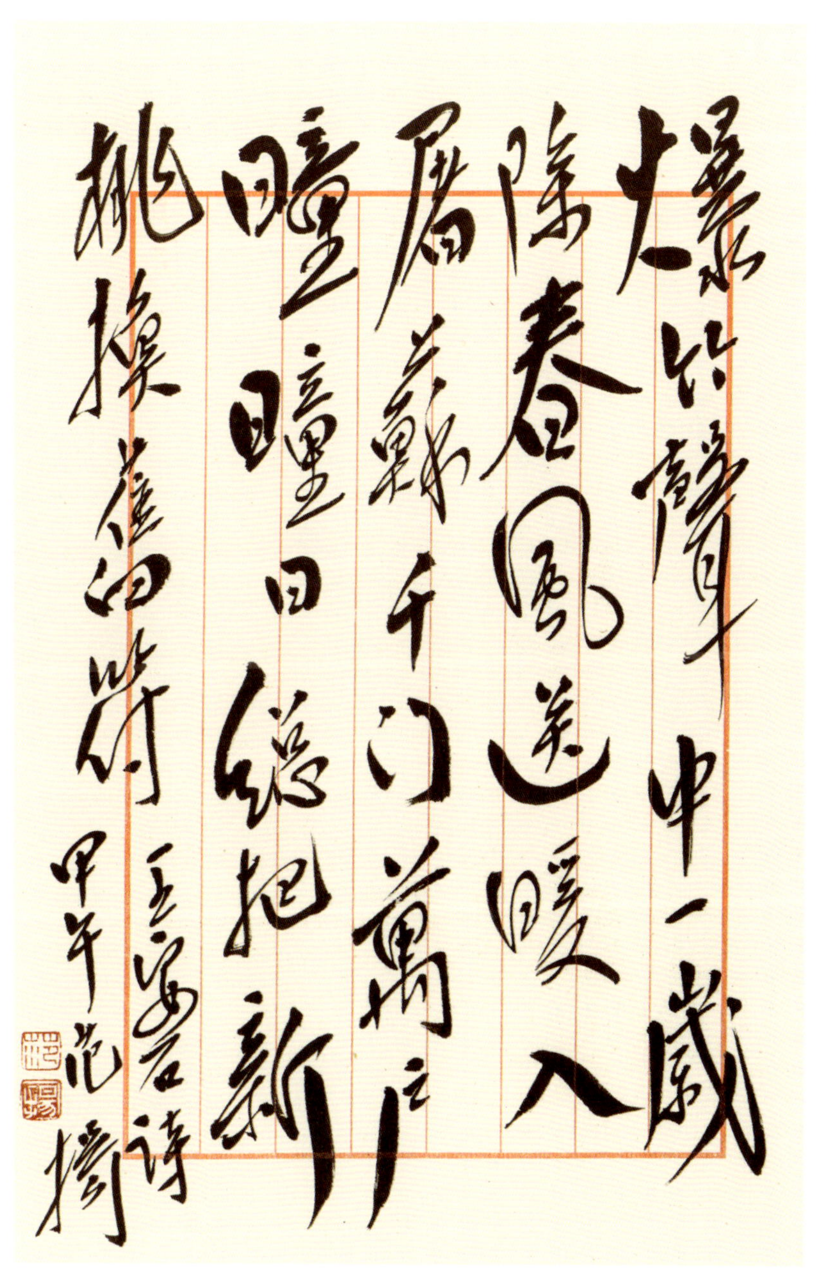

王安石诗 元日

28.4cm×18.5cm
纸本
2014 年

凝神

45cm×69cm
纸本
2012 年

墨趣

45cm×69cm
纸本
2012 年

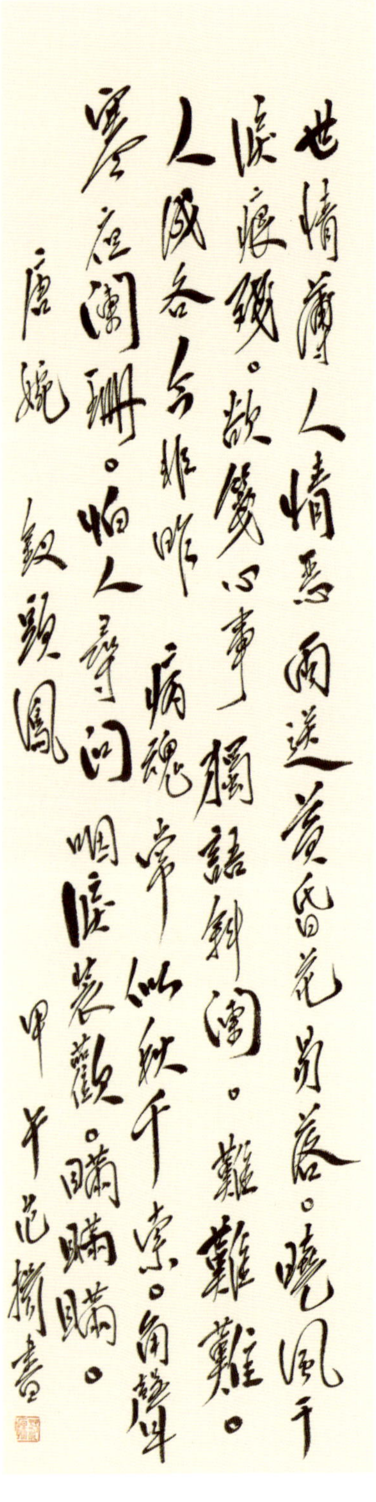
世情薄人情惡雨送黃昏花易落。曉風乾淚痕殘。欲箋心事獨語斜闌。難難難。
人成各今非昨病魂常似秋千索。角聲寒夜闌珊。怕人尋問咽淚裝歡。瞞瞞瞞。
唐婉釵頭鳳 甲午范樹書

唐婉词 钗头凤

89.5cm×23.2cm
纸本
2014 年

紅酥手，黃縢酒。滿城春色宮墻柳。東風惡，歡情薄。一懷愁緒，幾年離索。錯錯錯。春如舊，人空瘦。淚痕紅浥鮫綃透。桃花落，閒池閣。山盟雖在，錦書難托。莫莫莫。

陸游釵頭鳳 甲午

陆游词 钗头凤

90.4cm×23.6cm
纸本
2014年

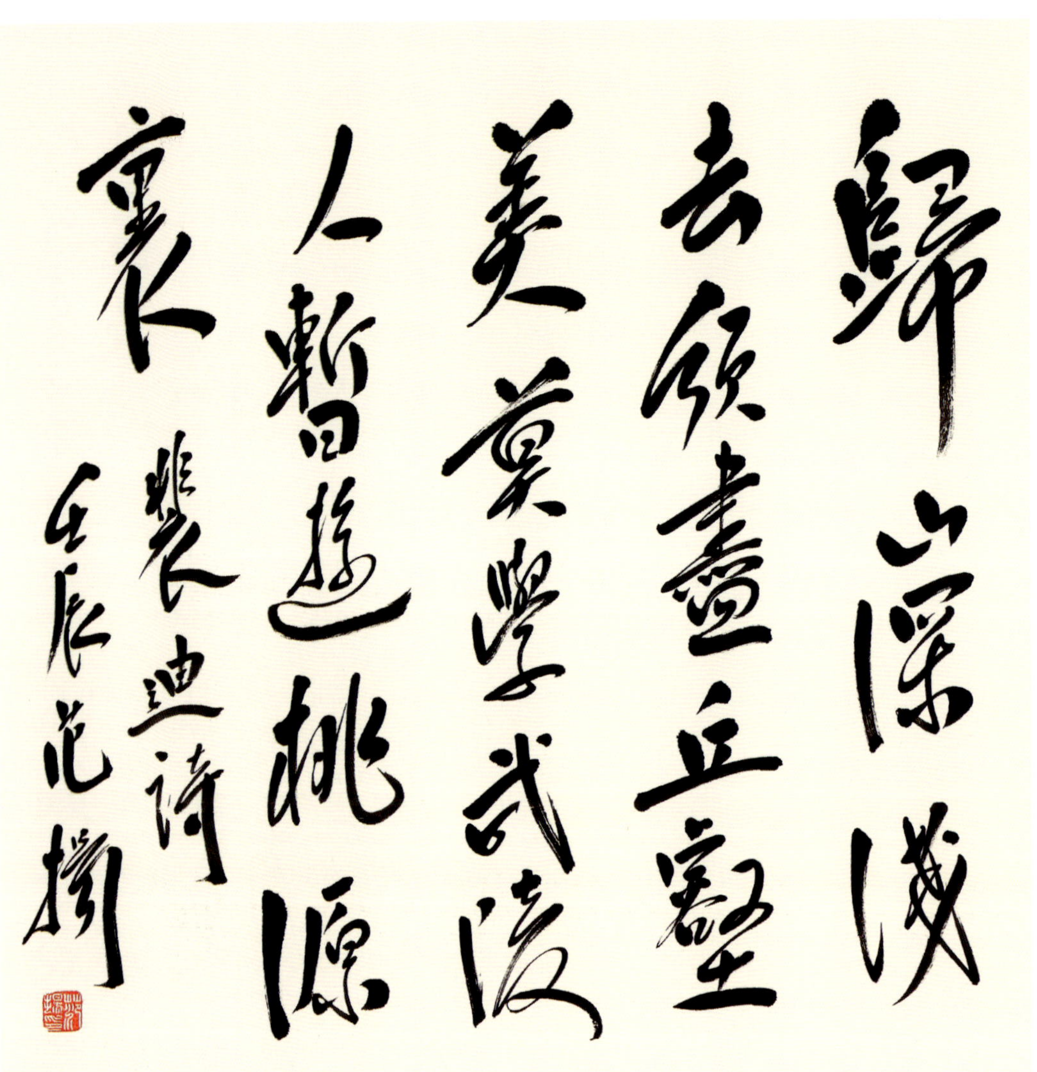

裴迪诗

68cm×68cm
蜡笺
2012 年

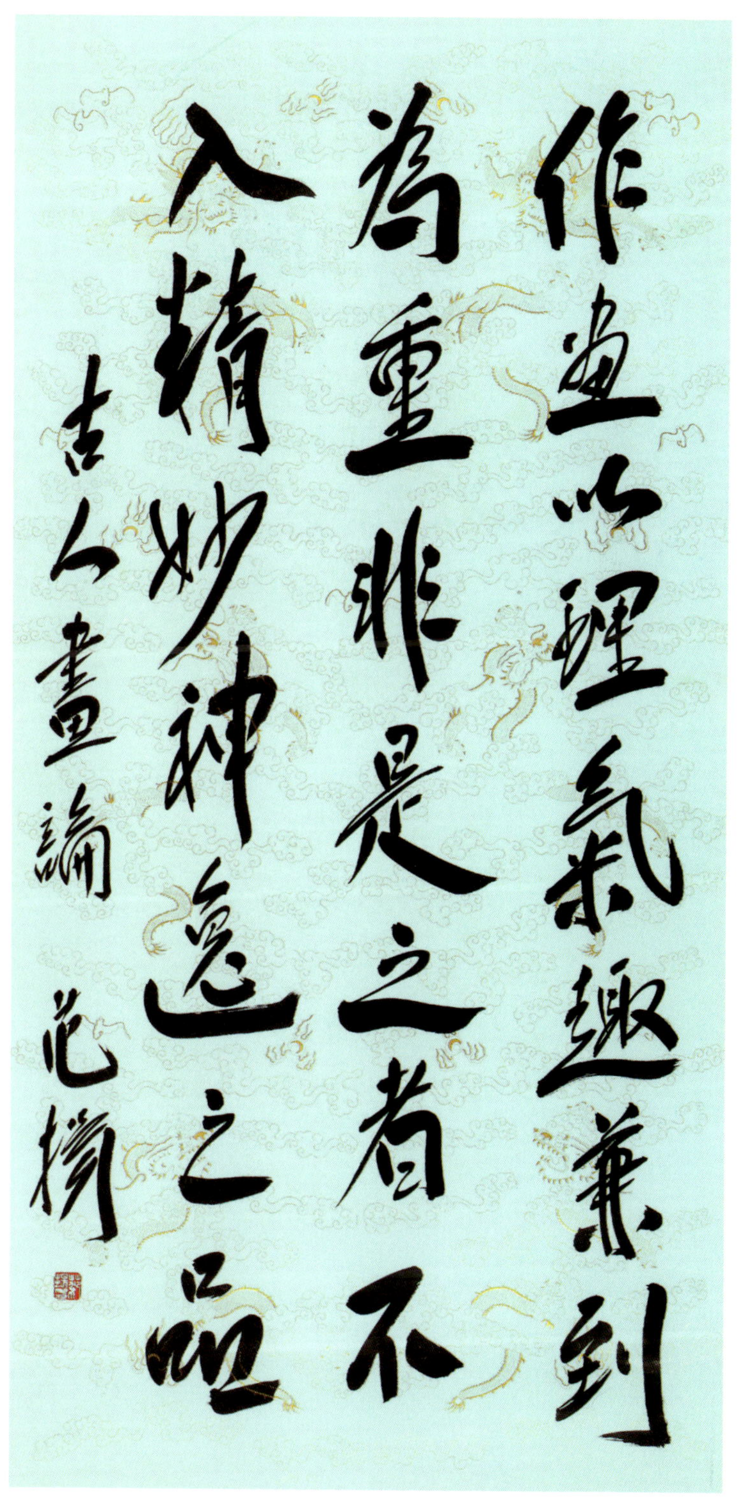

古人画论

136cm×68cm
粉蜡笺
2010 年

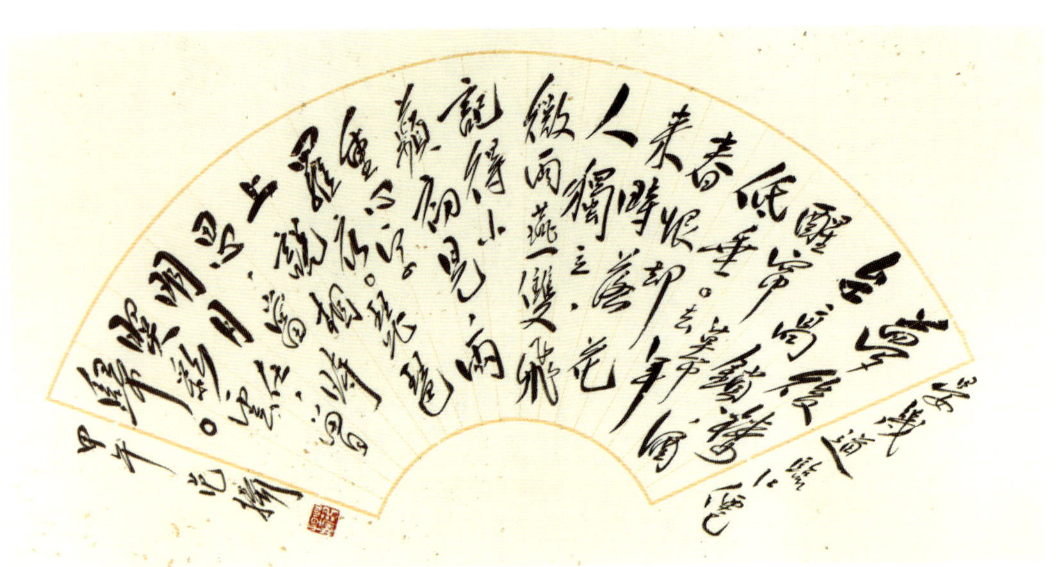

晏几道词 临江仙

32.3cm×64.2cm
纸本
2014 年

凝露

20cm × 60cm
纸本
2010 年

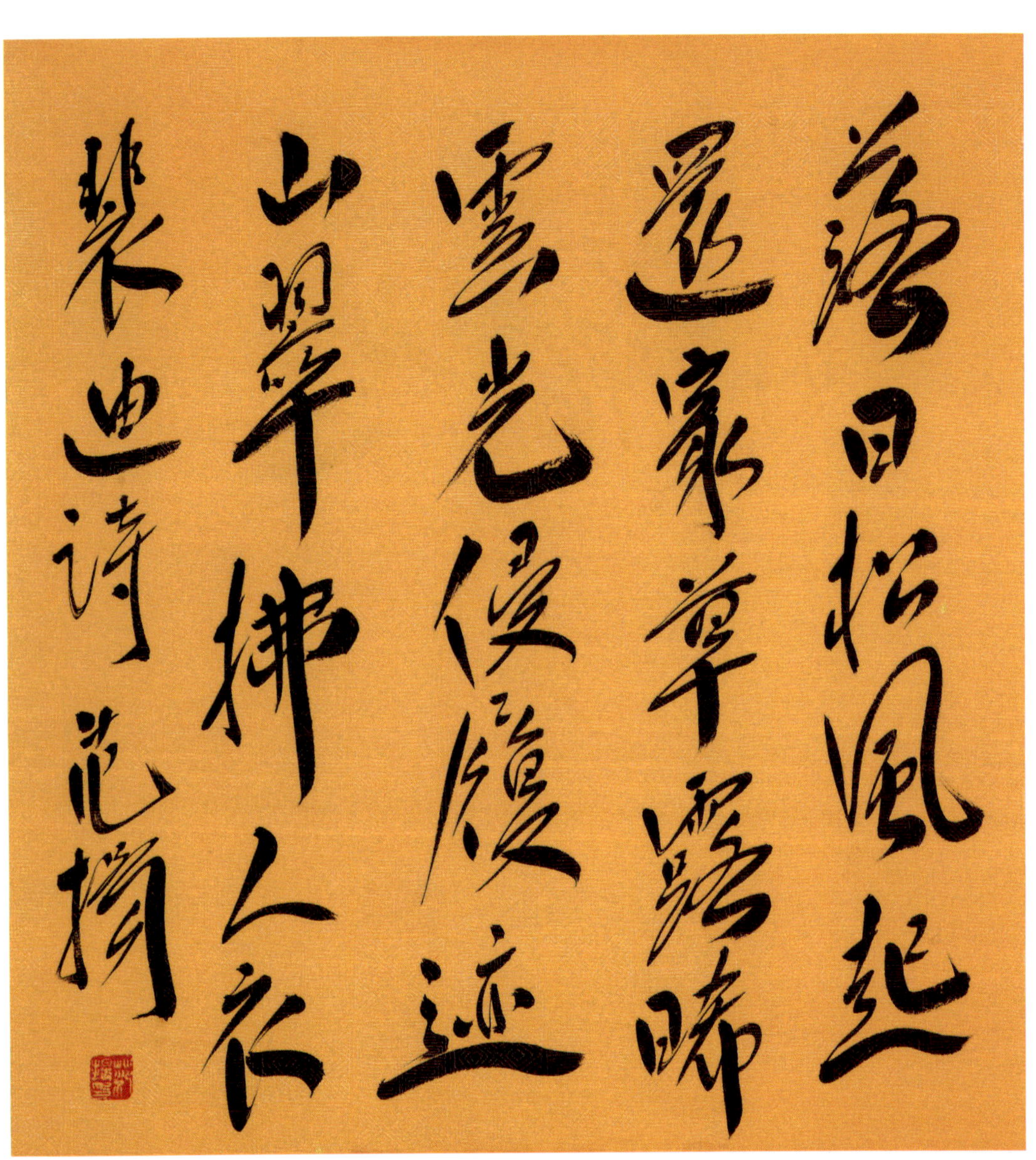

裴迪诗

69cm × 63cm
纸本
2010 年

观海听涛

53cm×235cm
纸本
2009年

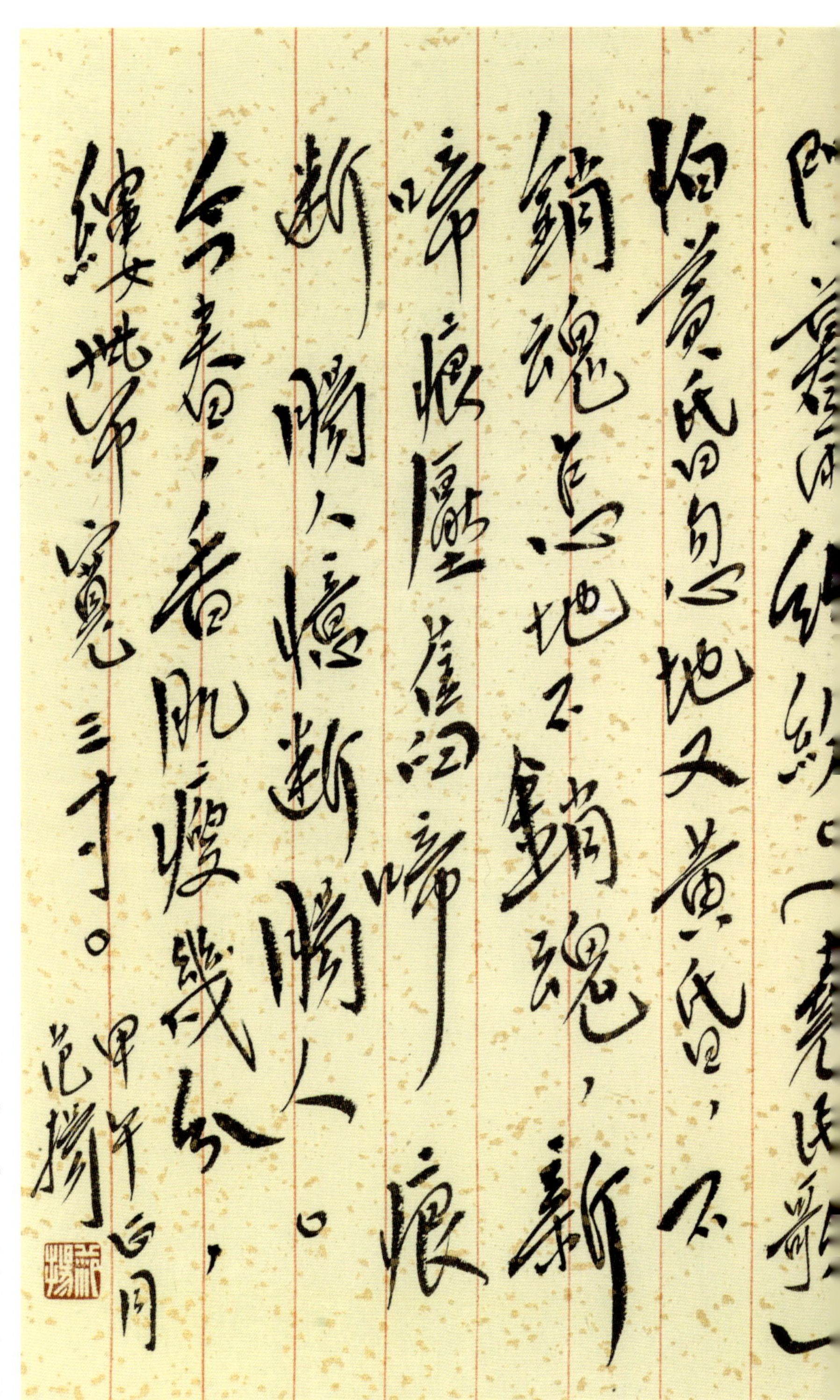

王实甫【中吕】十二月过尧民歌·别情
28.4cm×19.2cm×2
纸本
2014年

王實甫

〔中呂〕十二月過堯民歌　別情

〔十二月〕自別後遙山隱隱，更那堪遠水粼粼。見楊柳飛綿滾滾，對桃花醉臉醺醺。透內閣香風陣陣，掩重

范扬大事记

1955（乙未）年1月27日（农历正月初四），出生于香港铜锣湾圣保罗医院。

1961（辛丑）年，就读于南通师范第二附小。祖母缪镜心为该校校长。

1968（戊申）年－1970（庚戌）年，就读于南通市第三初级中学。

1970（庚戌）年－1972年（壬子），就读于南通中学，该校是江苏省重点中学，毕业生中有如国画家范曾、数学家杨乐这样出类拔萃的人物。

1972（壬子）年10月参加工作，在南通市工艺美术研究所任美工，学画，学民间工艺，学剪纸，画刺绣画稿。学友有林晓、许平、徐艺乙、卜元、冷冰川等人。

1977（丁巳）年，恢复高考，考入南京师范学院美术系。1978年2月入学。受教于徐明华、尉天池、秦宣夫、杨建侯等诸先生。入学时系主任为秦宣夫先生。

1982（壬戌）年2月，毕业留校任助教。7月，与潘金玲女士结婚。

1984（甲子）年，作工笔人物画《支前》。2月，生子范立。

1985（乙丑）年2月，工笔人物画《草垛》参加南京师范学院美术系教师作品展。

是年年底，工笔人物画《支前》参加“第六届全国美术作品展”，获铜质奖。作品为中国美术馆收藏。《支前》另有一稿为江苏省美术馆收藏。

1987（丁卯）年，任美术系讲师。创作水墨人物画《崇拜》、《沐浴》。出版《范扬画集》（南京师范大学出版社）

1988（戊辰）年，任美术系副教授。

1989（己巳）年，出版《水浒人物全图》（江苏美术出版社）

1990（庚午）年，作《绿色丛林》组画。

1992（壬申）年，作《浅绛山水》等山水画作品。

1993（癸酉）年，作《墨蛙碧荷图》、《瓦雀冬青图》等花鸟画作品。

1994（甲戌）年，作工笔重彩《唐诗组画》，共10件。

1995（乙亥）年，作浅绛山水《过香积寺》、《山色苍润》。

是年7月20日，国家邮政局发行了范扬绘制设计的《太湖》邮票5枚，小型张1枚。首发式在无锡太湖饭店举行。

1996（丙子）年，作《春牛图》、《山中习静》、《秋江独钓》、《蜀葵》、《萱花》等作品。

1997（丁丑）年，任美术系教授。赴皖南歙县、黟县一带写生，归而作《皖南写生组画》，该创作活动延续至2000年。

同年，作大型人物画《农夫农妇》。并作有《紫玉》等一批花鸟画。

1998（戊寅）年，任美术系主任。3月5日，国家信息产业部在淮安举行《周恩来同志诞辰100周年》纪念邮票首发式，邮票计4枚，邮票设计者为范扬、时卫平。

是年10月，参加汉城“中韩画家联展”。

1999（已卯）年

1999（已卯）年，南京师范大学美术系改建为南京师范大学美术学院，范扬担任首任院长。

6月3日，范扬设计绘制的特种邮票《普陀秀色》全套6枚，由国家信息产业部发行，首发式在浙江普陀山举行，范扬出席。

10月，参加德国路德维希市“中国画七家联展”。

2000（庚辰）年

2000（庚辰）年，任南京师范大学美术学院美术学博士生导师。

作《雁荡山色》、《孺子牛》、皖南系列《皖南小电灌站》、《过石梁飞瀑》等作品。并作大型人物画《农夫与耕牛》。

1月，参加“成都世纪之门艺术大展”。

5月19日，作品参加上海“新中国画大展”。展出地点：上海刘海粟美术馆。

参加江苏省文化厅组织的写生团，赴西藏写生。作大型人物画创作《望果节的游行队伍》。

2001（辛已）年

2001（辛已）年，作《葛稚川移居图》、《敬亭山》、《浅绛山水》、《雪山行旅》、《疏林高士》及《红梅鸣禽图》、《鸡冠花》等花鸟作品。

5月，入选中国美术馆“水墨本色画展”。作品《皖南小电灌站》为中国美术馆收藏。

7月，入选大连艺术博览会“国际中国画年展”。

8月，参加上海美术馆“新院体四人展”。

8月，参加澳门“江苏画家10人展”。

9月，参加北京“百年中国画大展”，画展由文化部、中国美协、中国美术馆联合主办。

12月，作品入选“成都双年展”，展出地点：成都市现代艺术馆。

2002（壬午）年

2002（壬午）年，作山水画《林泉高致》、《雪景山水》、《松带六朝声》、《雪山行旅》、《坐看云起》，人物画《钟进士》、《阿罗汉图》。

作巴黎写生组画:《巴黎塞纳河》、《从埃菲尔铁塔远眺》、《市民休闲广场》、《夜景步行街》等作品。

10月，被选为“江苏优秀作品参加晋京10人展”（由全国政协主办）。

12月，参加“深圳双年展”。

12月，参加北京中华世纪坛“当代艺术风骨50家展”。

2003（癸未）年

2003（癸未）年，作《独坐看黄庭》、《江流天地外》、《江南雨后山》、《琅琊山写生》、《丘壑自然之理》、《让山泉在山亭前流过》、《我家墨法我家山》、《溪响松声》等山水画，《沧浪之水》等人物画，以及《白芙蓉》等花鸟画。

2004（甲申）年

2004（甲申）年，作人物画《但对青山》、《献寿图》等作品。

是年赴青岛崂山写生，作《崂山多甘泉》、《崂山观海》、《崂山坐忘潭》等系列作品。

赴大运河写生，作《瓜州古渡》、《扬州个园》等系列作品。

2005（乙酉）年

2005（乙酉）年年初，赴内蒙古写生，作《阿斯哈图石林》、《美岱召晨曦》、《热水镇写生》等系列作品。

同年调任中国画研究院创研部副主任、山水画研究室主任。4月份由国家人事部、文化部批准，10 月份报到。

10 月 15 日至 24 日，与龙瑞院长应法国 Galerie Cathay 画廊邀请，赴法参加在巴黎举行的“中国山水精神——当代经典山水画家邀请展”。

2006（丙戌）年

3 月 5 日至 3 月 13 日，随中国美术家协会旅游联谊中心组织的写生团去印度采风写生。一行 18 人，刘大为先生带队。后出版有《范扬印度写生》速写集。

4 月 17 日至 4 月 26 日，赴巴中写生。

5 月，作为“龙瑞工作室”副导师，带学员去北京丰谷县写生。

5 月 28 日至 6 月 1 日，与龙瑞院长带队的研究院一行 19 人前往浙江杭州，参加“钱塘自古繁华——全国著名画家画杭州”写生活动，并专程瞻仰了叶浅予先生故居。

8 月，为钓鱼台国宾馆作《采芝深山里》、《菩提本无树》、《说禅图》、《仰听松风》等作品。

9 月开办“中国国家画院范扬工作室”，9 月 9 日，开学典礼在紫玉饭店举行。

10 月 9 日至 15 日，率工作室学员一行 20 人，去太行山石板岩、洪谷山一带写生。作《太行写生》图稿。

10 月 18 日，随研究院写生团赴四川青城山、海螺沟、四姑娘山一带写生。作《蜀道写生》图稿。

10 月 20 日，作品《天凉好秋图》参加“2006 美丽乳山全国中国画名家邀请展”，中国美术家协会主办。

11 月，出版《范扬画集》，四川美术出版社出版。

12 月 14 日，经文化部批准，中国画研究院更名为中国国家画院，庆典在钓鱼台国宾馆举行。范扬任画院创研部副主任、山水画研究室主任。

是年伊始，以麻纸作山水画，画风为之一变。作《采芝深山里》、《独坐幽篁里》、《清溪放艇》、《坐茂树以终日》等作品，及《山亭清话》青绿山水册。

12 月下旬，作大型人物画《印度元素》。

2007（丁亥）年

元月3日—7日，参加中国美术家协会中国画艺术委员会举办的“水墨雄风——当代中国画家作品展”。画展于元月3日上午10时在炎黄艺术馆开幕。其他参展画家有崔振宽、李宝林、贾浩义、朱松发。

2月4日—7日，作品《枝隐罗汉》、《深山对弈》参加“水墨威海——第二回当代中国画名家学术邀请展”。

4月，率国家画院范扬工作室学员及随行人员约40人赴湘西、黔东南写生，得稿37件。

7月，赴武夷山写生，得稿7件。

9月，随吴长江带队的中国美术家代表团访问俄罗斯。

11月，赴京郊房山五渡写生。

2008（戊子）年

3月，由北京工艺美术出版社出版《激扬江山2006—2007中国国家画院范扬工作室教学文献集》。

4月，率范扬工作室学员及随行人员约40人赴皖南写生，得稿28件。

7月，“又见皖南——2008中国国家画院范扬工作室写生集”由北京工艺美术出版社出版。

9月，随国家画院采风团赴贵州写生。

9月，赴银川，参加“庆祝宁夏回族自治区成立50周年全国画院邀请展”。

同月，随国家画院采风团赴山西写生，得稿10件。

10月26日，“激扬江山——范扬绘画作品展”开幕暨“澄怀美术馆”开馆仪式在南京市红山创意工厂举行。

2009（己丑）年

1月8日，“数风流人物——2150中国画邀请展”在南京养墨堂美术馆开幕。参展画家有田黎明、刘进安、何家英、周京新、范扬、高云、徐乐乐等。

3月26日，“中国画名家手卷作品展” 在中国美术馆举办，范扬出任学术委员会主席，展出作品“秋山访友图”。

5月29日 “一统江山——中国山水画邀请展”在南京养墨堂美术馆举办，参展画家有朱道平、常进、范扬、张志民、林容生、周京新、姚鸣京、陈平、何加林、张谷旻等。

5月29日，“水墨光明·范扬画展”在日照市文化艺术博览中心举行。

7月26日，《范扬书画展》在北京市美泉宫饭店三宝轩举行，共展出范扬书画作品40余幅。在本次展览中，范扬书法作品首次面世。

10月23日，“精神家园——中国10大山水名家全国巡展”首展在济南市博物馆举行。参展艺术家有龙瑞、卢禹舜、黄格胜、赵卫、范扬、陈玉圃、张志民、张宝珠、何加林、林容生等。

11月1日，“水墨心象——范扬、明瓒、石寒、周松、明道五人中国画展”在宜兴日报书画院举办。

11月6日，参加在南京养墨堂美术馆举办的“看江山如此多娇——2170山水画展”。

12月19日，参加“相由心生——当代学院水墨现象邀请展”，展出地点在北京繁星美术馆。

2010（庚寅）年

4月14日，“石城五家·中国画大展”在南京养墨堂美术馆开幕。参展画家有朱道平、吴冠南、常进、范扬、周京新。

4月25日，“北京宋庄国画院成立暨中国画名家作品邀请展”在宋庄国画院开幕，范扬获聘担任宋庄国画院院长。

5月，人民美术出版社出版发行《写生范扬》，书中收录了2006年-2009年的写生作品和文字、画语录。

5月16日，“巨匠：中国当代艺术的十个个案2”的开幕式在上海五角场800号艺术区举行。参展画家有范扬、何加林、贾广健、刘进安等。

5月18日，文化部国韵文华书画院成立，范扬获聘担任国韵文华书画院副院长。

5月29日，“澄怀观道——范扬工作室、张志民工作室艺术交流展”在济南山东省图书馆开幕。

6 月 5 日，宋庄国画院（原上上美术馆老馆）举行“点墨开玄（三)——中国画名家展”开幕式。参展画家有王孟奇、刘克训、孙志钧、范扬、靳文艺、刘进安、林容生等。

6 月 8 日，范扬参加“丝绸之路——和平之旅”大型文化交流代表团对乌兹别克斯坦共和国进行了友好访问与交流，被乌兹别克斯坦共和国国家科学艺术院聘为院士。在访乌期间，受到胡锦涛主席接见。

6 月 18 日，“中国国家画院范扬课题结业展”在中国国家画院美术馆开幕，共同举办展览的还有程大利课题班、卢禹舜课题班等。

6 月 21 日，“水墨品质 · 2010 当代名家邀请展”在山东省美术馆举行，参展画家有范扬、韩浪、梁占岩、梅墨生、伍小东、张谷旻等。

7 月 3 号，“山水媚道 · 中国国家画院范扬工作室首届山水画课题班结业作品展”在中国国家画院美术馆举办。

7 月 24 日，北京凤凰岭书院成立并举行揭牌仪式，在此仪式上“凤凰来仪第三回——写生范扬”中国画写生作品观摩活动同时在北京凤凰岭美术馆举办。

8 月 25 日—30 日，范扬作品“松荫说禅”参加“纪念中国印度建交 60 周年绘画艺术展”并出任学术委员会副主席。

9 月 5 号，“澄怀雅集第二回——范扬、曾来德、程云仲、陈曦书画联展”在无锡市江南书画院举行。

9 月 10 日，“正大中和——中国画名家中堂展”在北京宋庄国画院举行，共展出 80 多位书画家的中堂画作品，范扬展出了中堂及对联。

9 月 18 日，“澄怀雅集 · 逍遥游——澄怀雅集名家邀请展第一回展”在南京澄怀美术馆隆重开幕，参展画家有范扬、常进、朱道平、姚鸣京等。

9 月 27 日，范扬作品参加在朝鲜平壤举办的《中国绘画展》。

10 月 16 日“和而不同——吴冠南、范扬、周京新中国画展”在杭州市浙江美术馆举行。

11 月 26 日，范扬作品参加“第二届中国山水画艺术双年展”，展览地点在桂林美术馆。

12 月 4 日，“澄怀雅集 · 花间意——花鸟画名家邀请展”在南京澄怀美术馆开幕，参展画家有范扬、霍春阳、吴冠南、赵跃鹏、老圃、喻慧、姚媛等，画展现场也展出了中国工艺美术大师鲍志强的紫砂工艺品。

12 月 24 日，“三羊开泰——杨晓阳、范扬、霍春阳名家学术邀请展”在北京荣宝斋开幕。

12 月 31 日，作品参加由国韵文华书画院主办的“中国画名家四条屏作品展”，范扬出任艺术委员会委员。展出地点在中国美术馆。

2011（辛卯）年

1 月 1 日，“和而不同——中国画邀请展”在扬州市美术馆隆重开幕，参展画家有吴冠南、范扬、周京新等。

1 月 12 日，范扬被聘为中国人民对外友好协会“友好艺术交流院”名誉副院长，对外友协会长陈昊苏先生、党组书记李小林女士颁发了聘书。

1 月 28 日—2 月 18 日，“迎新春 · 馆藏名家精品书画展”在南京澄怀美术馆隆重开幕，参展画家有周京新、喻继高、范扬、徐乐乐、胡宁娜、喻慧、常进、霍春阳、朱道平等。

1 月 5 日，范扬获颁“2011 艺术之巅中国画十大年度人物”，授予机构为文化部中外文化交流中心。

3 月 5 日，“澄怀雅集 · 风骨志名家邀请展”，在南京澄怀美术馆隆重开幕，获邀名家有高云、周京新、胡宁娜、范扬、徐乐乐、杨春华等。

4 月 7 日，“走进宜兴——范扬 · 唐辉师生作品展”在宜兴徐悲鸿纪念馆举办。

5 月 20 日 “大写者——当代中国画名家学术邀请展”在桂林市美术馆举行，参展画家有杨晓阳、崔振宽、李宝林、贾浩义、范扬、张志民、梁占岩等。

5 月 29 日，“不同凡响——范扬、范治斌中国画作品展”在中国美术馆举行。

6 月 4 日，“澄怀雅集 · 游园梦——名家邀请展”在南京澄怀美术馆隆重开幕，参展画家有范扬、常进、姚鸣京、何家林、张谷旻、方向等。

6 月 8 日，“清音远扬——范扬、邓远坡中国画作品展”在北京恭王府安善堂举办。

6 月 18 日，“水流花开——范扬师生联展”在南京诸子艺术馆举行。展览由中国国家画院和诸子艺术馆联合主办。参展的弟子有王耀年、顾平、吴宇华、曹爱华、吉春阳、程云仲、孙炜、常德强、吴思骏、施建中、姚媛、范治斌、郭嘉、万骁、王志等。老师一位，弟子十余人，济济一堂，一个暮春初夏的雅集聚会，一场开心愉悦的派对。

7月29日，“养墨堂——水墨青花雅集”展在南京养墨堂美术馆举行，此次展览汇聚了刘二刚、王孟奇、范扬等9位艺术家的作品。

8月27日，“云起潇湘——范扬国画展”在湖南博物馆开幕，共展出作品150幅。展览由中国国家画院主办。汪涵主持开幕式，崔永元作嘉宾发言。

9月20日，“盛世水墨·相约金陵暨庆祝中华人民共和国成立62周年中国画邀请展”由南京书画院主办，参展画家皆为中国国家画院、中国艺术研究院及各省市画院院长，有杨晓阳、田黎明、何水法、何家英、范扬、周京新、王西京、袁武、卢禹舜、王明明等55位名家。展出地点在南京养墨堂美术馆。

9月24日，“自由的尺度——中国当代·水墨关怀名家邀请展（第二回）”在北京798太和艺术空间开幕，参展画家有王秋人、田黎明、张江舟、刘进安、范扬、张志民等。

9月25日，在北京798泛空间举办开馆展：“我的泛空间——范扬师生展”，参展者有范扬、王耀年、程云仲、杨军、曹新刚、赵文洁、刘文哲等。

10月14日，范扬担任南京书画院院长。

10月16日，“绘事后素——戴顺智、范扬、董浩、倪萍、潘金玲、顾平、崔永元、孙晓梅文苑雅集”及《南通籍书画名家系列展·2011范扬、金玲画展》同时在南通市中心美术馆开幕。

10月28日，“2011年荣宝斋十二生肖名家邀请展”在北京荣宝斋大厦美术馆2号厅开幕，参展画家有史国良、吴冠南、范扬、苗再新、林容生、姚鸣京、于文江、贾广健、崔晓东、刘墨、朱雅梅、梅墨生、程风子、张继刚等。

11月11日，“水流花开——范扬师生作品展·无锡特别展”于无锡博物院新馆开展，范扬携弟子23人参展。参展学生有王跃年、顾平、吴宇华、毕宝祥、高建胜、卢高健、曹爱华、吉春阳、程云仲、孙炜、常德强、吴思骏、施建中、姚媛、范治斌、郭嘉、万骁、王志、杨永俭、马军、刘佳、林银雅、丁梦兰等。

11 月 26 日—12 月 6 日，“2011 激荡江山——范扬绘画作品展”在上海美术馆（1、2 号厅）开幕，画展由中国国家画院主办，南京养墨堂艺术有限公司承办。

2012（壬辰）年

元月 1 日—7 日，“范扬新年画展”在荣宝斋举行。

元月 5 日，由《黑龙江日报》报业集团举办的第 26 届“冰雪笔会、盛世丹青——2012 中国当代山水画名家学术邀请展”在黑龙江日报美术馆开幕。参展画家有范扬、龙瑞、许俊、陈平、满维起、林容生、白云乡、杨军、周逢俊、闫景阳、许墨凡、许经文、吴喜全、许华新、李德岩、师界弘、刘日平等。

2 月 14 日，“返本开新——龙瑞、范扬、曾来德山水画作品展”在北京绥风艺术馆隆重开幕。本次展览由北京绥风艺术馆主办，北京万世典藏文化传播有限公司协办，共展出龙瑞、范扬、曾来德等三位书画名家近年来的山水画作品近百幅，来自中国国家画院、中国美术家协会、中国艺术研究院等社会各界的嘉宾、学者近百人出席了开幕式。

2 月 22 日，作为“视觉中国亚洲行”展览主题的“水墨本色，为中国画”画展在日本东京中国文化中心举行了开幕仪式。参展画家有崔如琢、石齐、范扬、钟章法、李呈修、张建新、韩孝义、华玉清、漆永成、杨松涛、田跃民、石旭、李学伟、王路平等 14 位，展出作品共 60 余幅。

3 月 17 日，“2012 贺新春范扬书法精品展”在山东青州市珏澜画社展出。

4 月 8 日，“春天的故事——中国水墨名家 10 人展”在北京乾坤盛景美术馆开幕，画展由北京乾坤盛景美术馆、上林苑文化传播有限公司共同举办。

5 月 2 日，“春天雅集第一回”展览在宋庄国画院开幕，宋庄国画院主办。

5 月 19 日，“澄怀雅集名家邀请展（第七回）——高士集”画展在南京澄怀美术馆举办。参展画家有范扬、梅墨生、林海钟、赵俊生、戴顺智、于新生、何士扬等 10 人。

6 月 8 日，“美术报 · 范扬名家希望小学捐赠仪式暨范扬师生作品展”在兰州美术馆举行，范扬创作了丈二匹山水画作品《坐看云起》，作品由天津萃英集团以150万元购得，得款全额捐赠给“美术报·范扬名家希望小学”以及美术报主持的捐赠活动。范扬好友、著名主持人崔永元作为嘉宾在开幕式上讲话。

6月28日，“情系沂蒙——中国国家画院卢禹舜、张志民、杨长槐、范扬工作室师生作品临沂展”，于山东省临沂市临沂展览馆举办。画展由临沂市委宣传部、山东省美术家协会主办，中国国家画院学术支持，临沂市文联、临沂市文广新局、大陆人美术馆、一方文化传媒有限公司承办，临沂画院、临沂市美术家协会协办。国家画院四位导师带领各自工作室画家共71人，携作品150余幅；临沂市著名书画家20余人，携作品200余幅共同互动参展。

6月30日，“艺海掇英——2012龙瑞、范扬、唐辉中国画精品展”在山西省太原市文联大厦举办。展览由北京海润嘉和文化艺术有限公司主办，山西晋中市紫云轩艺术中心承办。

7月8日，“大美墨韵——当代中国画名家提名展”在山东美术馆举办。画展由大美墨韵艺术机构主办、山东艺术学院、青岛画院、齐鲁师范美院协办，参展画家有杜大恺、范扬、张志民、梁占岩、曾先国、于新生、袁武、周京新、徐永生、张江舟、范治斌等。

7月13日，范扬作品参加“创意城市·2012伦敦美术大展”暨“2012（伦敦）奥林匹克美术大会”北京特邀展，在中国美术馆举办展览，由中国对外交流协会、中国文化艺术发展促进会、北京奥林匹克促进会共同发起，旨在推进奥林匹克运动，传播奥林匹克文化。

7月20日，“艺苑掇英——中国书画名家作品展”在广州市二沙岛岭南会展览馆隆重举行，画展由岭南美术出版社主办，广东岭美文化艺术交流有限公司承办，参展画家有刘大为、杨之光、吴山明、陈传席、范扬、陈金章等。

9月14日，济南举办了“2012年第四届中国书画名家精品博览交易会”，其中“水流花开·花开有声——范扬师生作品山东展”于舜耕国际会展中心开幕。参展艺术家有范扬、王耀年、顾平、毕宝祥、吴宇华、刘佳、吉春阳、程云仲、常德强、吴思骏、施建中、姚媛、范治斌、郭嘉、万骁、王志、杨永俭、丁梦岚等。

11 月 2 日，“大慈大悲书 · 画 · 瓷名家联展”在南京养墨堂青花雅集会馆开幕，是日为观音菩萨出家纪念日，故以佛教为主题，养墨堂邀请了书法、绘画、绘瓷名家举办联展。参展书法名家：石开、刘灿铭、管峻、刘元堂，绘画名家：杨春华、范扬、尉晓榕、刘西洁、秦修平和绘瓷名家谢晓明 10 人共 50 件作品。

11 月 8 日，《刘大为、冯远、范扬书法精品展》在齐鲁文化古玩城鲁鸢美术馆（二部）开幕，展览由鲁鸢美术馆主办，集中展示了三位大家近期创作的书法精品。

11 月 10 日，“华夏墨韵 · 中国画名家邀请展”在上海展览中心隆重开幕，展览由上海画院和宝龙集团联合主办，汇集了陈佩秋、陈家泠、徐希、杨明义、李小可、刘大为、赵准旺、王玉良、王晓峰、张静伯、张友宪、范扬、乐震文、白晓军、陆春涛、范治斌等众多中国当代艺术名家的百余幅精品。

12 月 31 日，“名尚风华 · 10 年之展”在北京通惠河畔《艺术市场》美术馆开幕，参展画家有崔如琢、龙瑞、范扬、史国良、田黎明等。

2013（癸巳）年

元月 1 日，“红石大观迎新书画联展”在歌华大厦 11 层歌华大观艺术馆举行，画展由北京红石丰铭投资有限公司主办，参展画家有崔如琢、张立辰、胡永凯、范扬、文蔚、阴澍雨、陶书安等。

1 月 16 日，“翰墨见扬州——中国山水画名家作品展”在中国国家画院美术馆开幕。画展由扬州市政府、文化部中外文化交流中心主办，中国山水画创作院、扬州鉴真书画院承办，展示了当代山水名家以扬州风光为题创作的山水画作品。参展有龙瑞、范扬、张复兴、程振国等 28 位画家的 140 多幅山水画作品。

2 月 10 日，农历大年初一，《北京晚报》头版用整版篇幅刊登范扬贺岁作品中国画《蛇年大吉》。

3 月 1 日北京电视台《中华墨迹》栏目采访，做“中华墨迹”、“春天雅集”访谈节目。

3 月 7 日，两会期间，《人民政协报》两整版介绍范扬人物、山水作品多幅。

3 月 8 日，接受临朐电视台采访。

3月18日，接受中国教育一台采访。

3月29日—4月10日，范扬随中国人民对外友好协会组织的访问团，赴日、韩写生并举办画展。

4月21日—28日，范扬携中国国家画院范扬工作室学员三十余人赴重庆写生，辗转于重庆市区、阆中、合川、大足，得稿十五幅。

4月28日，“道邦艺术馆”在山东诸城开馆并举办开幕展，展出了卢沉、张仃、许麟庐、刘大为、王明明、范扬、袁武、梅墨生、黄三枝等50余位书画家的精品。同期还推出了“范扬、黄三枝书画精品专题展”。

5月5日，“神采飞扬——范扬经典作品展”于北京经典美术馆开幕，展出了范扬近期创作的40余幅新作。

5月20日，“琴瑟和鸣——范扬、潘金玲绘画艺术展”在北京恭王府嘉乐堂举办，展览为恭王府艺术系列伉俪展的首展，戴顺智、董浩、倪萍、崔永元、孙小梅、马海方等知名人士赠送花篮并致以祝贺。

6月1日，“当代中国实力派艺术名家七人联展”在大连中山美术馆开幕，参展画家有范扬、林容生、何加林、卢禹舜、李晓柱、雷子人、杨培江等。

6月16日，“墨趣一得·水流花开——范扬师生作品展”暨一得阁新品发布会，在位于北京琉璃厂的一得阁美术馆举办。展出了范扬及其门生近期创作的近百件书画作品。参展画家有：范扬、王耀年、顾平、吴宇华、常德强、郭嘉、王志。

6月18日，“范扬、李强、刘红沛、曹钧、赵名釜中国画展”在南京养墨堂美术馆开幕，此展为南京书画院的系列展首展，画院其他画家的作品将陆续推出。

7月10日，范扬参加中国国际友好联络会组织的艺术家访问团，赴印度尼西亚采风、写生。

7月20日，“禅境明心·泛游山林——田黎明、史国良、范扬、何加林中国画联展”在琉璃厂珏澜画廊举行。展出了田黎明、史国良、范扬、何加林等人的国画精品50余幅，该展也是田黎明、史国良、范扬、何加林四位艺术家的首次联展。

7月24日—8月1日，“墨趣一得·水流花开－山东临朐之行——范扬师生作品展”在山东临朐龙韵文化艺术城展览中心举办。画展由南京书画院、硕文堂联合主办，参展画家：范扬、王耀年、顾平、吴宇华、常德强、郭嘉、王志、潘维荣。

7月25日，“澄怀味象——中国国家画院范扬工作室师生展”在山东临朐广播电视台美术馆举办，临朐电视台做了专题发布。

7月26日，“春风化雨——范扬、万骁水墨邀请展”开展仪式于青州宋城青州市美术馆举行。

8月，范扬与龙瑞、程大利一行画家赴四川写生，得稿20幅。

8月，范扬随中国代表团赴吉尔吉斯斯坦访问，被吉尔吉斯斯坦国家科学艺术院聘为院士。国家主席习近平接见了范扬等代表团成员。

9月，《范扬书法作品集》由人民美术出版社出版发行。

9月12日，范扬作品《坐听流泉悟禅机》入选“2013上海合作组织比什凯克峰会——国际和平艺术家绘画作品展”。

9月18日，时值中秋佳节，范扬携弟子王耀年、吴宇华、冉达、吴思骏、姚媛、王志在南京澄怀美术馆创作长卷《高逸图》，“竹林七贤”是该幅作品的主要描绘对象。该巨幅作品为即将开馆的金陵美术馆而创作。

9月29日，主持位于秦淮区老门东的南京书画院·金陵美术馆·老城南记忆馆开馆仪式，展馆10月1日正式对外开放。“一院两馆”项目，是南京市政府为推进城南历史文化的保护与复兴，迎接2014年青奥会而投资兴建的市级公益性文化事业单位。“一院两馆”总建筑面积13300平方米，其中金陵美术馆占地6000平米。本次开馆推出了“金陵风韵—金陵美术馆开馆大展”、以及“今之明月—南京书画院作品展”、“流光溢彩—南京书画院·金陵美术馆藏品展”、“回望经典—金陵画派精品大展”、“金陵画缘—南京书画院·金陵美术馆最新收藏作品展”等一些列重量级展览。

10月25日，中国艺术研究院特聘范扬为中国画院研究员，聘期三年。

11月2日，“绘声绘色——范扬、杜恩华作品展”在济南淳风堂美术馆举办。主办单位有中国国家画院、山东省美术家协会、南京书画院、济南市美术家协会。

11月30日，“2013荣宝斋香港分店重张暨范扬画展”在香港长江中心开幕，获得巨大成功。

12月12日，2013中贸圣佳冬季拍卖举行范扬书画作品专场拍卖。

12月26日，“五人展”在秋水艺术沙龙举办，展出了范扬、戴顺智、郭嘉等五位中国画家的作品。

2014（甲午）年

1月6日，“朝花夕拾 采摘真趣——范扬作品观摹展”在明怀美术馆开幕。

1月11日，作品4件参加“正观 贺岁——2014马年画展”。

1月19日，“范扬、刘文哲中国画展”在商务印书馆涵芬楼艺术馆开幕。范扬被聘为涵芬楼艺术馆名誉馆长。

1月31日，《北京晚报》马年正月初一贺岁头版刊登范扬中国画作品《马年大吉》。

2月3日，范扬值59周岁生日，按传统习俗在故乡南通市举办60岁寿宴。亲朋好友、弟子门生济济一堂，咸与庆贺。

2月15日，“三人行——范扬、董浩、张铁林书法作品展（北京站）”在北京世纪坛美术馆开幕，此为“三人行”系列展第一站。

3月7日，由南京养墨堂美术馆主办的“千里江山 美在金陵——中国山水画邀请展”在水墨青花雅集会馆开幕。养墨堂特邀请方骏、朱道平、范扬、周京新四位南京画家，展出近50余幅的精品力作。

3月，《范扬书法集》由四川美术出版社出版发行。

4月12日上午10:30，由清华大学美术学院、中国国家画院、北京画院共同主办的“和而不同——戴顺智、范扬、韩敬伟、袁武四教授中国画作品展”在中国美术馆一楼大厅举行开幕式。

4月28日，范扬作品参加在北京世纪坛美术馆举办的“‘群英会’中国画名家作品展”。

4月29日，范扬作品参加由中国国家画院，中国画学会，中国美术家协会艺委会，书画频道联合举办的“‘笔墨江山’程大利、龙瑞、范扬、曾来德国画精品特邀展”，展览在奥林匹克森林公园森林艺术中心书画频道美术馆开幕。画家们还就中国传统绘画中的禅意与诗意、国画当中的笔墨趣味，以及南北宗等议题进行了深入而开放的讨论。

5 月 7 日，由中国美术馆、中国美术家协会、中国国家画院联合主办的“物以神聚——范扬国画展”在中国美术馆 1、8、9 号展厅开幕。本次展览展示了他不同类型的精品 160 余件，作品涵盖人物画创作、山水画及写生、佛教题材作品、“世事绘”系列以及花鸟画作品。是他多种手笔的一次汇集，以作同道交流，并供观众激赏。

5 月 10 日，范扬作品参加了在正观美术馆举办的“正观 · 味象——文人精神 16 家”画展。

5 月 19 日，由北京和平之旅文化交流中心和中国对外文化交流协会联合主办的“和谐亚洲” 国际和平艺术家绘画作品展在上海市中华艺术宫开幕。“亚信”各成员国、观察员国、对话伙伴国的领导人、艺术家，以及新闻媒体等约 200 人出席了开幕式。中共中央政治局委员、中央政法委书记孟建柱，塔吉克斯坦总统拉赫蒙，国务委员兼公安部长郭声琨，上海合作组织副秘书长阿科什卡罗夫出席开幕式。

孟建柱、拉赫蒙向范扬颁发了“国际和平艺术大奖”金画笔金奖。

5 月 21 日下午，由宿迁市人民政府主办的“‘心无挂碍’范扬、刘灿铭书画展”在宿迁市开幕。

5 月，《范扬书唐诗三百首》由珏澜文化出版发行。

6 月 1 日，范扬和美术报向如皋市南凌小学捐赠 50 万元，用于学校建设和艺术图书的购置。

第十一届全国政协副主席李金华，文化部财务司副司长饶权，国家画院国画院副院长、南京书画院院长范扬及夫人潘金玲，美术报领导、南通及如皋市领导王德忠、陈斌、姜永华等参加仪式。仪式由董浩先生主持。

南凌小学原名为万富小学，范扬岳父潘从贵先生是如皋市东陈镇南凌小学的创办人之一，办好南凌小学是老先生一生的夙愿。为纪念潘从贵先生对地方教育事业发展作出的突出贡献，南凌小学教学楼被命名为“丛桂楼”，谐音“从贵”。 范扬说：“回归故里，报效故里，这是一个心愿，是全社会提倡正能量的体现。学校教学楼命名为‘丛桂楼’，就是希望众多学子学有所成，蟾宫折桂。” 活动中，与会领导和嘉宾为 “丛桂楼”石刻揭幕，“丛桂楼”由李金华题写。

6月15日，范扬老师在法国圣爱美隆市接受鲁德拉骑士授勋册封。

6月25日，由荣宝斋画院、西安青年美术家协会主办，岚梦（北京）文化有限公司和艺术公社承办的“三人行——范扬、董浩、张铁林书法展（西安站）”，在陕西美术博物馆开幕。此为”三人行“系列展的第二站。

8月3日，范扬作品参加由李可染画院、国韵文华书画院、南京书画院联合主办的“中国画名家中堂作品展”，展览在中国美术馆展出。中国美术家协会秘书长徐里、中国美术馆副馆长马书林、中国国家画院国画院副院长，李可染画院副院长，国韵文华书画院院长李宝林先生，中国国家画院国画院副院长，国韵文华书画院副院长，南京书画院院长范扬等众多著名艺术家，以及多位驻华大使、外交使节出席了开幕仪式。

8月23日，范扬作品参加由首都博物馆与远阳英明文化艺术中心（北京）有限公司共同主办的的“这里是北京——当代书画名家精品展”。

同日，范扬作品参加由中国国际文化艺术交流有限公司主办的 “心象文墨——中国写意画研究院画家作品展”在山东威海美术馆开幕。

9月13日下午3：00，范扬参加在金陵美术馆举办的“金陵风景——南京书画院山水画十人展”开幕式，并参展。

9月29日下午3:00，由宋庄国画院，南京市书画院联合举办的“范扬 董浩 靳文艺三人画展”，在宋庄国防艺术区文艺美术馆开幕。

10月3日，范扬作品参加由宿迁市人民政府、中国国际文化艺术中心、中国电子商务协会文化产业分会、亚洲联合文化艺术中心、华夏联合文化博物馆联合主办的“大美·宿迁·中国艺术名家采风创作邀请展”，展览在宿迁印象黄河公园华夏联合文化博物馆宿迁馆举行。

10月9日，范扬参加在南通市博物苑新馆举办的“青春盛绘——南通籍青年艺术家作品邀请展”开幕式并作了讲话。

10月11日，范扬作品参加山东高密红高粱文化节绘画邀请展。

10月12日上午10:00，由南京书画院主办、岚梦（北京）文化有限公司艺术公社承办的“三人行——范扬、董浩、张铁林书画展（南京站）”，在南京金陵美术馆开幕，此为该系列展的第三站，前两站分别是北京和西安。

10月13—18日，范扬携中国国家画院高研班弟子一行48人，赴皖南黟县采风，得稿11件。

10月18日，《境随心转》中国国家画院范扬工作室书画展在泾县泉鑫美术馆开幕。展览共展出范扬及弟子书画作品100余幅，内容涵盖人物画、花鸟画和书法创作。

10月20日晚，由恭王府管理中心主办的《禅境·吕章申、范扬写禅绘禅作品联展》在恭王府大戏楼举行开幕式。中国国家博物馆馆长吕章申、中国国家画院国画院副院长范扬、中央美术学院中国画学院院长唐勇力、中国书法家协会分党组书记陈洪武、中国美术家协会党组副书记、秘书长徐里等百余位嘉宾出席开幕式。恭王府管理中心党委书记杨建昆致开幕辞，副主任边伟、展览陈列部主任冯令刚担任开幕式主持，恭王府管理中心主任孙旭光出席开幕式。古琴艺术家吴钊为到场嘉宾演奏古琴名曲《阳光三叠》、《梅花三弄》。

本次展览共展出吕章申禅诗书法、范扬禅意画各30件。

10月24号，范扬作品参加“人民日报社国历画院揭牌仪式暨名家书画邀请展”。展览在位于北京天安门东南池子的皇城艺术馆开幕。

10月31日，“大美中国梦水墨邀请展暨青岛宝龙美术馆开馆展”在新建的青岛宝龙美术馆开幕。范扬展出了2014年创作的大型中国画新作《丝绸之路·赶车的人》及《海钓归来》，作品引起艺术界关注。

11月2日，范扬作品参加由国家画院，中国艺术报主办，在全国政协礼堂举行的“纪念黄宾虹诞辰一百五十周年名家邀请展”。

11月14日，“湖光山色——纪念《太湖》邮票创作20周年范扬书画作品展”今日开展，展览共展出范扬教授以太湖为主题的书画作品47幅，其中创作于1994年的《太湖》邮票手绘原稿6幅、手绘草图16幅，以及为本次展览创作的历代太湖诗词选书法作品18幅。尤其是6幅借自中国邮政集团公司邮票印制局的《太湖》邮票手绘原稿，运用经典手法，气韵过人，骨法雄健，傅彩雅致，不愧前贤，系20年来首次公开展出，弥足珍贵。

11月16日，范扬作品参加在北京琉璃厂荣宝斋大厦举办的“第四届‘大家之路'——当代名家邀请展"。

11月26日，"2014年第七届美术报艺术节"于在江苏南通举办，范扬作品参加"中国美术南通现象——南通籍中青年艺术家作品展" 。

12月13日，范扬作品参加在杏坛美术馆举办的"设色——竹轩雅集年度学术邀请展"，展览由竹轩水墨艺术机构、中国画艺术年鉴联合主办。参展画家：吴冠南、范扬、杨春华、于水、胡石、林容生、边平山、江云祥、赵跃鹏、马骏。

12月31日—1月6日，范扬作品参加由《中国国家画廊》杂志主办的"一人一品——2014年度学术邀请展"，展览在北京时代美术馆展出。

2015（乙未）年

1月2日，由马奈草地美术馆主办，由世博控股集团、马奈草地国际艺术中心承办的"相宜——范扬 殷会利作品展"在马奈草地美术馆拉开帷幕。此次展览共计展出范扬、殷会利中国画作品80件，呈现了两位画家近些年学术探索的新成果。

1月，由天津人民美术出版社出版发行《中国近现代名家画集·范扬卷》。画集收录了范扬近年来人物、山水、花鸟和世事绘等各类作品140余幅。

同月，由商务印书馆出版发行《如是我闻·范扬世事绘》。画集收录了范扬2014年所作世事绘作品188幅。

2月4日，"墨彩风流——当代写意人物邀请展"暨天大美术馆、沧州云华美术馆北京开馆展。参展画家有王明明、范扬、田黎明、史国良、梁占岩、刘进安、李孝萱、周京新、袁武、张江舟、刘庆和、武艺。

2月7日，"中国书画名家禅意作品邀请展"在北京全国政协礼堂开展，共展出包括全国政协委员、书画名家的120多幅作品。范扬和弟子王耀年、吴宇华、冉达、郭嘉参加了邀请展。

4月12日至16日，范扬携中国国家画院高研班弟子一行36人，赴苏州采风。得稿1件。

4月24日至5月4日，范扬、潘金玲参加"中国著名画家访日代表团"赴日本参展并获"村山富士赏"。

5 月 30 日，范扬作品参加“虚白馆”开馆暨 2015 当代中国画名家精品展。

6 月 10 日，范扬禅意作品 30 幅参加在泰国曼谷中国文化中心举办的“禅境三味——吕章申、范扬、连紫华作品联展”。展览由中外文化交流中心主办。出版了《禅境三味——吕章申、范扬、连紫华作品集》。范扬赴泰国参加了开幕式。

6 月 16 日，范扬作品参加在国艺美术馆举办的“国艺名家——当代中国画名家写生邀请展”。参展画家另有裴开元、刘罡、王乘。

6 月 19 日，范扬作品参加在时代美术馆举办的“年轮的记忆——中国水墨名家邀请展”。画展由中国华侨出版社中侨大观艺术中心主办。

7 月 25 日，范扬作品参加在东岳美术馆举办的“青云水墨邀请展”。参展画家有胡正伟、苗再新、范扬、董浩、崔东湑、李晓柱、周午生。

7 月 25 日，范扬作品参加由首都博物馆画院主办的“首都博物馆画院 2015 年度中国画作品展”，参加展览的有何家英、范扬、童和平等 100 多位画家的作品。

8 月 2 日，范扬作品参加北京兰韵美术馆“水墨清韵 -- 名家作品展”，参展画家另有戴顺智、于新生、王家训、张立奎、常朝晖。

8 月 13 日，范扬作品参加“丹青铸梦——中国画名家邀请展”，画展在莹宝泰美术馆开幕。参展画家有陈醉、汤立、李庚、崔晓东、范扬、王永亮、李呈修、刘建、晁谷、赵少俨、魏云飞。

8 月 14 日，范扬“中国画的写生与创作”专题讲座在荣宝斋画院举行。

8 月 16 日，“如是——范扬书画展”在山东省淄博市茹茹画馆开幕。著名主持人陆博主持开幕式。

8 月 16 日，范扬中国画作品参加在山东聊城举办的“书画同源——当代书画名家学术邀请展”。画展由著名理论家刘曦林、刘龙庭、赵力忠主持。

8 月 22 日，范扬中国画作品参加由中国政协杂志社等多家机构联合举办的庆祝中华人民共和国成立 66 周年“笔墨丹青——名家邀请展”，画展在北京全国政协礼堂举行。

9 月 5 日下午在兰韵美术馆举办“翰墨情深——范扬、董浩书画公益展”。

范扬参展10件花卉草虫10件扇面书法作品。捐赠其中1件书法作品给玉树受灾儿童。

9月12日，范扬中国画作品参加“画人心·天真境——中国画名家邀请展”，画展在北京恭王府举办。参展艺术家有张复兴、刘巨德、戴顺智、范扬、李呈修、晁谷、贾广健、张立奎、魏云飞。

9月16日，范扬中国画作品参加“爱我中华”迎国庆六十六周年名家书画展”。画展在首都博物馆隆重开幕。参展画家有姚治华、刘大为、汪国新、尼玛泽仁、言恭达、范扬、苗再新、穆家善、李家安、陈醉、晁谷、吴宇华等。

9月19日，范扬中国画作品参加“翰墨乐安”2015中国（广饶）首届书画艺术博览会”。参展画家另有田镛、胡正伟、萧平、王梦湖、赵振川、龚文桢、张复兴、田云鹏、师恩钊、刘怀山、张鸿飞、苗再新、崔晓东、满维起等。

10月18日，范扬中国画作品参加由竹轩雅集、青藤文化主办的“‘意到情适——回望青藤白阳’中国花鸟画大家八人展”，画展在李可染画院举办，参展画家有季酉辰、霍春阳、吴冠南、范扬、胡石、边平山、贾广健、赵跃鹏。

10月，范扬中国画作品参加世博会文化交流活动之“世界情·中国梦——意大利米兰联展”。

11月7日，范扬中国画作品参加由中国国家画院主办的国家项目“中国水墨国际话语权推广项目”之“大美水墨·当代邀请作品展”及“大美水墨·古代、近现代作品文献展” 画展在北京时代美术馆开幕。

11月7日，范扬中国画作品参加在武汉博物馆举办的“惠风雅集——名家扇面展”， 展览武汉美术家协会、武汉博物馆主办，品珍艺术馆承办。参展画家有张善平、范扬、吴宇华、杨军、王心耀、马啸、朱佩之、张宏林、董继宁、彭太武、樊枫等。

11月12日，范扬中国画作品参加由中央美术学院、中国国家画院、中国艺术研究院中国油画院主办的“大家之路——中国画油画展”，画展在中国美术馆举办。参展国画家有李宝林、叶毓中、范扬、田黎明、杨晓阳、卢禹舜；参展油画家有杨飞云、朝戈、段正渠、焦小健、刘建平、谢东明。

11月22日，范扬中国画作品参加“大美墨韵——15名家年展”，画展由山东省文化馆、山东省群众文化学会、济南大美墨韵文化传媒有限公司主办。参展画家有戴顺智、范扬、岳海波、曾先国、于新生、林容生、袁武、姚鸣京、徐永生、张江舟、何加林、张望、王晓辉、刘泉义、范治斌。

2016（丙申）年

1月9日，范扬中国画作品参加罗翔艺术馆开馆暨“归真——中国画名家邀请展”，画展在山东省莱阳市梨花街罗翔艺术馆开幕。参展画家有郜宗远、王涛、萧玉田、郭石夫、张复兴、王玉良、吴冠南、满维起、范扬、纪连彬、何加林、卢禹舜、李翔、于文江、贾广健等。

1月11日，范扬中国画作品参加在古井酒文化博物馆举办的“古井墨韵——中国画邀请展”。参展画家有郭公达、石齐、王涛、范扬、史国良、何家英、林容生、刘建、贾广健。

1月16日，范扬中国画作品参加在琉璃厂珏澜画廊举办的“丙申——中国画名家画猴邀请展”。参展画家有王涛、刘大为、赵建成、唐勇力、冯远、范扬、田黎明、于水、史国良、梁占岩、刘进安、陈钰铭、李孝萱、尉晓榕、袁武、刘庆和、何加林、贾广健、武艺、刘万鸣。

1月17日，范扬中国画作品参加在炎黄艺术馆举办的“笔阵——中国水墨年度盛典”展览。参展画家有邵大箴、贾浩义、朱松发、檀东铿、王涛、郭全忠、蔡超、李小可、龚文桢、施江城、张复兴、王西京、刘巨德、艾轩、许钦松、崔晓东、满维起、范扬、张立柱、何家英等。

1月23日，中国国家画院范扬工作室“境随心转——范扬师生展北京第二回展”在北京琉璃厂泰文楼美术馆开展。画展由秋水艺术沙龙主办，展出了导师范扬和弟子王耀年、顾平、吴宇华、杨军等30名弟子近期创作的150余幅作品，代表了近一时期范扬师生教学和写生活动的综合成果。

1月29日，法国圣爱美侬鲁拉德中国骑士团成立两周年庆典在鸟巢文化中心成功举办。到场嘉宾近150人，包括鲁拉德骑士团成员，法国使馆官员，多位中国画当代名家，以及众多著名企业家。范扬参加了本次活动。

3月12日，范扬作品参加在北京李可染画院举办的“中国风骨——当代写意人物画名家展”，参展画家有韩羽、季酉辰、杨春华、徐乐乐、范扬、林海钟、朱雅梅、马骏等。

3月20日，范扬中国画作品参加在北京东方艺术馆举办的“艺术传承——文化中国行名家邀请展”，参展画家有赵忠祥、李乃宙、边舒才、范扬、老圃、董浩、马海方等。

3月22日，范扬中国画作品参加在山东省文化馆举办的“返璞归真——中国画名家邀请展”，画展由山东省文学艺术界联合会文部、山东五尚文化传媒主办。参展画家有刘曦林、李学明、范扬、岳海波、张志民、梁占岩、马海方等。

4月16日，范扬中国画作品参加在山东恒泰美术馆举办的“丹青今颜——中国画名家学术邀请展”，参展画家有许俊、陈孟昕、李传真、范扬、林容生、赵建成、贾广健、韩学中、满维起等。

4月20日。范扬携荣宝斋画院学员一行十余人赴河北井陉县苍岩山进行写生教学活动，得稿5幅。

4月29日，“范扬艺术馆”在南通举办开馆仪式。

4月，《艺术百年·中国画百年学术研究·范扬卷》由天津人民美术出版社出版发行。画集收录了范扬近年来创作的中国画作品。

5月10日-15日，范扬携中国国家画院学员一行40余人赴湖南衡山进行写生教学活动，得稿7幅。

5月20日，范扬中国画作品参加在泰文楼美术馆举办的“花之魂”画展，展览由北京画馆主办。参展画家有刘曦林、姜宝林、郭石夫、霍春阳、陈永锵、方楚雄、范扬、阴澍雨等。

5月22日，范扬作品参加在北京八一美术馆举办的“艺术态度——中国花鸟画作品邀请展”。

5月28日，范扬中国画作品参加在中国国家画院·国展美术中心举办的“传承与经典——2016当代书画名家邀请展”，展览由《收藏快报》社、金砚传媒联合主办。

5月29日，范扬中国画作品参加在山东济南经纬美术馆举办的“经纬大观——2016中国画名家邀请展”，展览由山东当代书画院、山东省文化馆书画院、济南市博物馆、经纬美术馆、山东省艺术研究院造型艺术研究所主办。展出戴顺智、李学明、范扬、梁文博、于新生、张立柱、卢洪刚、徐永生、刘金贵、李晓柱、贾广健、刘泉义的作品80余幅。

6月1日—9日，范扬应邀参加了由日中文化经济交流机构组织的“真爱与和平”首届高端访日代表团，出访期间，和日本石川县知事谷本正宪进行了友好会谈，双方共同展望了文化艺术发展的美好前景。范扬代表南京书画院（金陵美术馆）与日本石川县立美术馆正式签署了石川县立美术馆与南京书画院（金陵美术馆）《关于开展文化交流的协议书》，南京书画院书记白强、副院（馆）长赵震和日本石川县县民文化局长三浦靖子、石川县立美术馆馆长嶋崎丞出席此次文化交流的签署仪式 。

6月10日—17日，范扬中国画作品参加在首尔中国文化中心举办的“山水心境——韩国首尔文化中心展览”，画展由中外文化交流中心、首尔中国文化中心和吴作人国际美术基金会青年策展人专项基金共同主办。本次活动展出了张仁芝、李宝林、范扬等中国当代著名画家的70幅山水画精品。

6月12日晚，国际奥委会主席托马斯．巴赫先生在京会见中国国家画院中国画院副院长范扬，并莅临范扬体育题材作品赏鉴会，巴赫先生对范扬通过创作体育题材作品传播体育精神给予高度评价，双方就体育与艺术融合、中国水墨表现体育精神等广泛话题进行了亲切交谈。中国艺术研究院专职画家、范扬夫人潘金玲女士参加会见。

6月18日，范扬中国画作品参加在北京有容堂美术馆举行的“大美正相——中国山水画名家学术提名展”。

6月30日，范扬中国画作品参加“山水诗乡 多彩宣城——中国当代名家作品巡展（宣城站）” 的 展览。

7月7日，范扬中国画作品参加在养墨堂美术馆举办的“养墨雅集——手卷篇”，参展画家有方骏、朱道平、吴冠南、常进、范扬、老圃、周京新、赵跃鹏、林海钟、孙洪、秦修平、徐钢、韩非、林聪文。

7月8日，范扬中国画作品参加“书画频道十周年名家精品邀请展”。

7月9日，范扬中国画作品参加了在炎黄艺术馆举办的“翰墨千秋——名家书画鉴藏展”，展览由北京博雅昌盛文化有限公司、兴业银行北京西城中心支行主办。参展画家有范扬、马海方、王辅民、吴宇华等。

7月11日，范扬中国画作品参加“2016新泰文化艺术节暨新泰文化艺术城开业典礼”，本次活动由中共新泰市委宣传部、新泰市文联等部门主办。参展画家有郭志光、吴泽浩、范扬、岳海波、张志民、孔维克、曹宝泉、李广平、姚大伍等。

7 月 12 日，范扬中国画作品参加在中共中央党校档案馆举办的“中国梦书画臻品暨《艺术天成》携书画名家进党校作品展”，展览由中共中央党校图书馆、《艺术天成》杂志社主办，参展艺术家有王琦、刘文西、蒋采苹、于志学、李宝林、贾平西、陈光健、何韵兰、刘曦林、陈醉、李燕、易洪斌、李小可、刘巨德、赵建成、李庚、冯远、刘大为、范扬、陈孟昕、何家英等。

7 月 16 日，范扬中国画作品参加了由荣宝斋画院和泰文楼美术馆联合主办的“承古觅真——荣宝斋画院名家山水工作室作品联展”，画展在泰文楼美术馆隆重举行。

7 月 28 日，范扬中国画作品参加了在威海市美术馆举办的《敞开视野 · 水墨的生态——2016 中国当代水墨学术邀请展》。展览由威海市文化广电新闻出版局主办。参展画家有陈孟昕、陈琳、范扬、方向、郭峰、何加林、胡永凯、贾广健、李呈修、李传真、林容生、马海方、满维起、苗再新、王涛、萧玉田、于新建、吴宇华等。

8 月 5 日，范扬中国画作品参加了中国民间文艺家协会、书画艺术交流委员会主办的“壮丽史诗 波澜画卷——暨纪念红军长征胜利80周年书画展”。参展画家有张孝友、苗重安、陈醉、王梦湖、胡永凯、郭石夫、赵准旺、程振国、赵成民、张复兴、师恩钊、边舒才、李庚、苗再新、范扬、张旭光、周逢俊、董浩、关玉良、何家英、韩学中、卢禹舜、于文江、崔进、乔宜男等。

8 月 7 日，范扬中国画作品参加了“京华撷英——中国画名家八人展”。参展画家：范扬、马海方、周尊圣、韩学中、李铁军、姚大伍、李景、何军委。

8 月 8 日—10 日，范扬携荣宝斋画院学员一行 40 余人赴新疆进行写生教学活动，得稿 7 幅。

8 月 19 日，范扬中国画作品参加了在国艺美术馆举办的“一带一路全国大型书画面名家邀请展”，展览由北京澎博瑞鑫国际文化传媒有限公司、水墨中国艺术网、《人民艺术》特刊、弘扬传统光耀中华大型活动组委会联合主办。

8 月 21 日，范扬中国画作品参加了齐鲁画社主办的“文脉传承——中国画名家邀请展”(第四回)。参展画家有陈醉、赵忠祥、甘长霖、巴秋、边舒才、刘怀山、范扬、马海方、王家训、黄三枝、陆天宁、杜军、李呈修、李晓军、韩学中、邹立颖、吴宇华、关杜平等。

8 月，由商务印书馆出版发行《如是我闻 · 范扬世事绘》（第二辑）。画集收录了范扬 2015 年所作世事绘作品 138 幅。

8 月，由中央工艺美术出版社出版发行《中国当代画史 · 范扬卷》，画集收录了范扬近年所作近百幅各门类中国画作品。

9 月 8 日，范扬中国画作品参加了由中国画艺术研究院、艺术公社策划，太原美术馆主办的“‘花之魂’当代花鸟画提名展之太原美术馆邀请展”，参展画家有赵梅生、祝焘、齐辛民、贾平西、刘曦林、裴玉林、郎森、霍春阳、田云鹏、方楚雄、范扬、老圃、阴澍雨、周午生。

9 月 9 日，范扬中国画作品参加了在安徽合肥久留米美术馆举办的“中国水墨画院黄山写生作品展”，画展由中国水墨画院主办，安徽省美术家协会协办。

9 月 13 日，范扬中国画作品参加了由中共诸城市委宣传部 诸城市文学艺术界联合会主办的“中秋月．超然情——纪念苏轼中秋词创作 940 周年中国画名家邀请展”。参展画家有刘知白、王涛、刘大为、郭西元、边舒才、范扬、马海方、黄三枝、吴宇华、刘新惠、窦金庸、明瓒、贾广健、唐辉、章耀、陈子游、赵跃鹏等。

9 月 16 日，范扬中国画作品参加了在政协礼堂举办的“光辉岁月——2016 纪念红军长征胜利 80 周年中国画名家邀请展”，展览由北京海天高视国际文化传媒有限公司、东方艺术馆主办。参展画家有赵忠祥、陈醉、郜宗远、宋兆钦、满维起、赵建民、范扬、张文华、潘锡林、马海方、王家训、李晓军、贾广健等。

9 月 17 日，范扬中国画作品参加了“嘤鸣于野——当代名家草虫展”（竹轩雅集第八回）。

9 月 19 日，范扬中国画作品参加了人民美术出版社成立 65 周年系列纪念活动之“‘大红袍’名家新作展”。

9月19日，范扬中国画作品参加由山东省美术家协会、东营市文学艺术界联合会等单位主办的“第三届中国（东营）艺术品博览会”。

9月20日—25日，范扬、潘金玲、范立赴瑞士洛桑国际奥委会总部访问。

9月21日，范扬中国画作品参加了“翰墨乐安——2016中国（广饶）第二届中国画名家邀请展”，参与这次展会的知名艺术家有范扬、苗再新、王镛、满维起、张复兴、李宝林、白云乡、师恩钊等150多人。

9月24日，范扬中国画作品参加了在保利国际会展中心举办的“书画同源——艺术名家作品展”，展览由北京德艺双馨文化艺术有限公司主办。

9月27日—29日，范扬应中国艺术研究院研究生院邀请做了关于“山水画写生研究”的讲座，内容分别为讲授山水写生之学理、体悟、范例和学员作品讲评以及山水画示范。

10月12日，范扬偕夫人潘金玲女士赴上海闵行宝龙艾美酒店，参加宝龙公益基金启动大会暨宝龙总部大厦落成、七宝宝龙城全面开业庆典。

10月30日，范扬中国画作品参加了在中国国家画院（国展）美术中心举办的“传承与经典系列之“一画一品”当代中国画名家邀请展“，展览由中国国家画院·国展美术中心、《收藏快报》社、金砚传媒主办。参展画家有范扬、吴宇华、李翔、赵建民、扈本询、赵道珍、冯汉江、王建成、胡光胜、刘新华、陈芳桂、王清健、刘佰玥、詹国超、王孝诚、刘文清、陈凌广。

10月30日，范扬中国画作品参加了“走向胜利——纪念中国工农红军长征胜利80周年美术作品展”，画展在北京首都图书馆会展中心隆重开幕。文化部、中国美术家协会、红旗出版社、中国收藏家协会红色收藏委员会、首都图书馆等相关领导出席了此次活动。红旗出版社副社长张砥、国画家崔如琢、艺术评论家齐建秋等嘉宾出席了开幕式并致辞，中央电视台主持人吕律主持了开幕式，参展艺术家、书画爱好者等近千人在开幕式当天参观了艺术展。

11月5日，范扬中国画作品参加了由中国致公画院、民革中央画院、国家外文局《今日中国》杂志社主办的“纪念孙中山诞辰150周年书画名家邀请展”。参展画家有喻继高、刘文西、苗重安、石齐、华拓、姜宝林、江明贤、陈醉、赵振川、蔡超、黄廷海、胡永凯、郭石夫、贺成、霍春阳、张复兴、言恭达、赵建成、李庚、黄格胜、张鸿飞、徐培晨、孔紫、戴顺智、苗再新、徐利明、范扬、田黎明、曾来德、马海方、李晓军、何家英、桑建国、杨晓阳、尚可、梅墨生、纪连彬、韩学中、吴宇华、张英才、卢禹舜、南海岩、于文江、贾广健、李晓松、唐辉、杨立奇等。

11 月 20 日，范扬罗汉题材作品参加了在中央财经大学美术馆举办的“‘相忘以生’当代罗汉高士人物画名家展”，展览由中央财经大学主办。

11 月 27 日，范扬中国画作品参加了在千年古宣美术馆举办的“盛世华年·光辉绽放——2016 年中国当代国画名家邀请展”。

12 月 8 日，范扬中国画作品参加了在石家庄市美术馆举办的“筑梦燕赵·京津冀中国画名家邀请展”。画展由河北省美术家协会、中国水墨画院主办。

12 月 12 日，范扬中国画作品参加了在中国国家画院国展美术中心隆重举办的“2016 中国国家画院‘一带一路’采风写生作品展”。此次展览由中国国家画院主办，中国国家画院创作研究部、中国国家画院国画院、油画院、版画院、雕塑院、公共艺术院、中国国家画院国展美术中心共同承办。展览共展出了 116 位中国国家画院研究员的数百件作品。

12 月 16 日，“如是我闻——范扬画展”在广州南岸至尚美术馆开幕。本次展览展出了范扬今年创作的一批“世事绘”精选作品。展览由方旭东、许多思、曲文娟联合策展，广东省美术家协会主办，广东南岸至尚美术馆承办。

12 月 17 日，范扬中国画作品被特邀参加了在李可染画院举办的“学院之光——当代优秀青年画家邀请展”。

12 月 20 日，范扬中国画作品参加了在国家图书馆举办的“《芥子园画传》与当代名家对话展”，展览由国家图书馆、中国美术家协会主办。

12 月 21 日，范扬中国画作品参加了在民族文化宫隆重举行的“行走中国·魅丽文化之《中华丹青》——中国画大家邀请展”。

12 月 21 日，范扬中国画作品参加了“2016 吉利博瑞群英会暨 99 董浩艺术馆开馆名家展”，范扬出席了开馆仪式并致以热情洋溢的讲话。

12 月 24 日，“三人行——范扬　董浩　张铁林延安书画展”在延安市延安革命纪念馆隆重举办，书画展由延安革命纪念馆荣宝斋画院北京董浩艺术馆延安中国画学会北京艺术公社主办，本次展览共展出范扬、董浩、张铁林三位艺术家的书画作品120幅，其中书法90幅，绘画30幅，内容涵盖山水、人物和花鸟。

12月27日，范扬出席了在荣宝斋开幕“范曾迎新画展”，对叔叔范曾的画展致以热烈祝贺。

12月29日，范扬中国画作品参加了徐渭祖籍地——浙江绍兴举办的“纪念徐渭诞辰495周年的系列活动”之“全国当代中国画名家作品邀请展”。

12月30日，在杭州浙报集团参加《美术报》全国少儿美术作品评选。评委有吴山明、何水法、范扬等。

12月，出版山水、花鸟、禅意绘、红衣罗汉内容的台历4种，《美术日记》一种。

常用印章

范扬

范扬

范扬印信

范扬

放怀且读古人书

朝花夕拾

范扬

唯道是从

范扬

范扬

为善最乐

范扬之鉨

如意

慈悲喜捨

范扬之印

范扬

天行健 君子以自强不息

范扬写生

飞花入砚池

清闲自可齐三寿

寿为福先语可思

闲来写幅丹青卖
不使人间造孽钱

意花不染

明月前身

范扬六十以后所作

家临绿水长洲苑

青山澹吾虑

放情丘壑

真实不虚

听泉

望云惭高鸟 临水愧游鱼

万寿寺万佛楼

德不孤

范扬之鉥

范扬之印

范扬

范扬之印

佛（肖形印）

三昧

佛（肖形印）

心迹双清

范扬

羊（肖形印）

梦里河山忆旧游

吉祥

占得黄山一角

范扬

范

范扬印

范扬

范扬

禅茶一味

澄怀观道

乔松

大红袍

大吉祥

真实不虚

南北相通 两京行走

万寿寺万佛楼居士

范扬（葫芦章）

羊（肖形印）

墨趣